AVANT QU'ELLE S'EN AILLE

MAÏA KANAAN-MACAUX

AVANT QU'ELLE S'EN AILLE

roman

Julliard

ISBN 978-2-260-05439-9
Dépôt légal : mars 2020

L'écrivain doit être plus petit que la matière
dont il parle. On doit voir que l'histoire lui échappe
de tous côtés et qu'il n'en recueille qu'une faible partie.

Erri De Luca, *Le Jour avant le bonheur*

Ma mère

Longtemps, ma mère a arpenté le monde.

À vingt ans, elle a embarqué à bord de l'*Elizabeth* pour rejoindre l'Amérique et vivre ailleurs. Plus tard et tout au long de sa vie, je l'ai vue projetant et préparant ses voyages, sautant d'un train ou d'un avion à l'autre, aussi à l'aise dans une province reculée de Chine que dans une ville africaine.

C'était une infatigable voyageuse.

Et puis, elle a vieilli.

Depuis quelques années, son rythme s'est ralenti.

Elle a commencé par réduire les distances et la durée de ses voyages.

Elle s'est mise à les annuler, trouvant qu'il faisait trop froid ou trop chaud, qu'elle était trop fatiguée, que ce n'était pas le bon moment.

Or ma mère et moi vivons éloignées, elle à Rome, moi à Paris.

J'ai donc entrepris de venir la chercher pour qu'elle fasse encore ce trajet-là.

Pour que son horizon reste ouvert.

Pendant un temps, tout s'est bien passé. Elle était rassurée par ma présence à l'aller et je la déposais à l'aéroport à la fin de son séjour. Nous enregistrions alors ensemble son bagage au comptoir et je la saluais à la porte de la zone de contrôle.

Mais le dernier voyage a anéanti le peu de courage qu'il lui restait.

Dernier baiser, dernier signe de la main, puis très vite la machinerie bien huilée que nous avions mise en place s'est enrayée. Le vol a été retardé.

Des heures à attendre sur un siège face à la porte d'embarquement, des heures à guetter le moment du départ, concentrée, les yeux rivés sur le tableau d'affichage au milieu du bruit et de l'agitation.

Puis une absence, dit-elle, le trou noir.

Elle n'a rien vu venir. Elle ne s'en souvient pas.

Et lorsqu'elle a enfin osé demander, l'avion était parti depuis longtemps.

Tard dans la nuit, seule, sans bagage.

La panique, le désarroi, la honte de ne plus savoir.

Ce sont de vaines humiliations que provoque l'oubli, des situations désagréables qu'engendre notre monde à mille à l'heure. Car si le corps de ma mère reste vigoureux, sa mémoire immédiate, celle qui la rendait forte, autonome, lui fait de plus en plus défaut, la mettant en panique, l'excluant d'une vie en mouvement, cloisonnant peu à peu son univers.

C'est un handicap qui s'installe et réduit son horizon, un handicap qui l'oblige à vivre un quotidien restreint, le seul qu'elle ose encore aborder.

Dans cette nouvelle période de sa vie, les souvenirs ont une part importante, elle y plonge comme on plongerait dans une mer connue et rassurante. Elle s'en abreuve et y trouve un bonheur chaque fois renouvelé.

Ma colline

Alors que son présent s'éloigne, je vais la voir là où elle vit depuis presque cinquante ans, là où notre histoire commune s'est écrite, notre histoire à quatre, quand nous étions une famille.

Je traverse le sud de la ville, odeur d'herbe coupée et d'orangers, replongée instantanée dans l'enfance, mal de ventre tant nous étions insouciants, heureux sous le soleil de Rome, au milieu de ses ruines. Temps révolu, ville révolue. Un Indien en haillons est accroupi sur le trottoir aux abords d'une station-service.

D'autres enfants grandissent sous le soleil bienveillant de la Ville éternelle pendant que les migrants affluent en quête d'un peu de ce que nous avons eu.

Notre enfance n'existe plus. Elle ressurgit alors que je ne m'y attends pas, sensation furtive, éphémère, douce et amère.

Je gravis notre colline, depuis le siège de la FAO, l'Organisation des Nations unies pour l'alimentation et l'agriculture, l'odeur de glycine me confirme que je suis bien chez moi ; certaines choses éphémères et saisonnières sont immuables et rassurantes. L'Aventin, ce formidable terrain de jeu, a aussi inscrit en moi la conscience précoce de notre mortalité. Notre présence, notre bonheur, réduits aux strates invisibles qui se succèdent et se nourrissent des fragments millénaires sur lesquels nous avons joué, sur lesquels nous avons ri, pleuré, embrassé pour la première fois, fumé notre première cigarette, couru après le bus, fait notre premier tour en mobylette.

J'en connais chaque recoin, chaque pierre, chaque morceau de trottoir cabossé. Chaque banc y a son histoire, chaque rue son secret, chaque porte cochère renferme le souvenir de ce que nous étions, enfants, puis adolescents, enfin jeunes adultes.

Courses effrénées dans le quartier, lits de camp installés sur la terrasse comme des navires pour nos batailles imaginaires, nous qui partions à l'abordage. Ballons remplis d'eau jetés depuis la fenêtre, sonates d'interphones sur lesquels nous appuyions allègrement avant de prendre la fuite, cache-cache géant dont nous connaissions toutes les cachettes.

Notre village, notre colline.

Je ne croise pas d'enfants sauvages comme ceux que nous étions, toujours dehors, la tête dans les arbres ou installés sur le muret qui surplombe le Tibre.

Ils sont propres, bien habillés et accompagnés d'une nounou exotique.

Je dis « nous » parce que nous étions indissociables l'un de l'autre, mon frère, Jean-Sélim, et moi, nos vies étaient mêlées. Nous n'avions pas encore de trajectoire propre. Je dis « nous » parce que le « je » ne pouvait être que ponctuel, sans arrêt remis en cause par notre vie commune, le « je » renvoyait à l'intime et viendrait plus tard.

L'aventure de l'enfance, nous la vivions ensemble.

Je monte en repensant à la petite fille que j'étais et qui au milieu des siens, mon frère et les amis du quartier, « nos frères de cœur », grimpait aux arbres, jouait au foot et courait poursuivie par le garde du parc dont nous avions abîmé les plates-bandes. Mais qui, loin d'eux, était pleine de peurs. À mes tentatives désespérées pour ressembler aux enfants parfaits, les croyants, les bons élèves, les sportifs, les rigolos, les bien-dans-leur-peau, les bien habillés, les invités aux fêtes d'anniversaire. Moi, la timide, la renfermée, la pleine de doutes.

Moi qui aurais voulu être un peu moins ronde, un peu moins bouclée, un peu moins grande, un peu moins maladroite, un peu plus à l'aise avec moi-même et avec les autres. Moi qui cherchais une perfection qui n'existe pas, mais dont j'avais l'illusion. Quand mon frère, lui, était à l'aise en toutes circonstances, ne cherchait à ressembler à personne, bien avec lui-même et avec les autres. Il aimait la lumière alors que je cherchais l'ombre.

Deux faces d'une même pièce, chacun jouant parfaitement sa partition.

Ensemble, il ne pouvait rien nous arriver.

Sur notre colline, nous étions nous-mêmes.

Santa Prisca

Je passe devant Santa Prisca, légèrement en surplomb, au fond d'une petite place à laquelle on accède pour entrer dans l'église en retrait.

Santa Prisca, où nous sommes entrés ensemble mon frère et moi, dix-huit et seize ans, entourés de toute notre famille. Le jour du remariage de ma mère.

Vécu comme un adieu au père.

Imaginions-nous, mon frère et moi, ce jour-là, dans cette église, quelques années après sa mort, qu'il reviendrait de cette île déserte où nous avions décidé de le faire vivre sans nous concerter ? Mon frère avait-il déjà abandonné cette idée folle que nous partagions en secret ? Quelque part, il était en vie, mais pour une raison mystérieuse et nécessaire, il ne pouvait se manifester.

Seule cette idée avait rendu supportable son absence.

Nous refusions l'un et l'autre l'abstraction d'une mort à l'autre bout du monde, loin de nous, dans une province reculée de Chine où il était en poste, rapatrié et enterré chez lui, en Égypte, sans nous.

Notre mère avait interdit que nous nous y rendions par peur que les lois égyptiennes peu clémentes envers une femme et, de surcroît, étrangère, ne nous contraignent ensuite à rester sur place. Une mort lointaine, sans corps, sans cercueil, sans enterrement, un deuil impossible, privé de tout ce qui rend la mort palpable.

Sans rituels, tout devenait possible. Tout et n'importe quoi.

Il avait dû disparaître, faire croire à sa mort. Cela faisait sens.

Il fuyait sans doute les services secrets israéliens, lui qui selon la légende familiale soutenait l'OLP et qui était sans doute un agent secret au sein des Nations unies.

Nous en faisions un aventurier.

Cet antisportif, pas grand, pas mince, pas beau, était courageux, brillant et doux.

Son héroïsme était ailleurs.

Continuait-on alors de scruter la boîte aux lettres dans l'espoir qu'une lettre, une carte, un signe de lui nous parvienne ?

Ce mariage nous contraignait à ne plus y croire.

La nostra via

Je m'apprête à tourner dans notre rue.

Je voudrais retenir ces souvenirs que je chéris pour nous deux.

Nous, les premiers petits Romains d'une famille géographiquement éclatée, scellés par notre identité commune, nous, les seuls étrangers dans nos familles. Étrangers en France, en Égypte, en Italie et tout cela à la fois. Scellés par cette appartenance qui nous était propre. Scellés par le reflet de l'autre, si différent et tellement proche.

Alors que j'avance, je voudrais tant qu'il soit là, avec moi, pour se souvenir, pour ne pas être la seule dépositaire de notre histoire. Mais je le fais sans tristesse car notre histoire est belle et je la prolonge à ma manière. Je retourne sur nos pas avec l'espoir que ma mère se souvienne et si sa mémoire chancelle, que ses sens viennent à son secours. J'ai encore besoin qu'elle pallie les non-dits, les absences, les manques et les failles de nos existences.

Je laisse sur la gauche la maison de Nino Manfredi, l'acteur de notre enfance, (*Pain et Chocolat, Nous nous sommes tant aimés*), c'est la seule maison moderne du quartier. Elle fait face à notre rue, la plus belle à nos yeux. J'y accède en longeant sur le trottoir de droite de petits jardins qui se succèdent, des jardins communaux aux herbes trop hautes et aux buissons mal entretenus. Chacun de ces carrés végétaux sauvages possède quelques bancs blancs, pierre lisse, douce et fraîche sur lesquels faire une pause. J'y ai joué à la poupée, descendu tous mes Playmobil, j'y ai fait des parties de dames, de 1 000 bornes, de batailles, je m'en suis servie de cabane, de point de ralliement pour nos cache-cache et nos 1, 2, 3 soleil ! Plus tard, j'y ai passé des heures à papoter en fumant des cigarettes avec mon amie Roberta.

De l'autre côté de la rue, les immeubles années 1930 aux belles façades, blanches, jaunes, ocre, cachent des escaliers majestueux et de vieux ascenseurs en bois. Au loin, lorsque vous montez dans les étages, Rome s'offre à vous.

À l'arrière, c'est le cœur du quartier, l'intimité de ses habitants, chambres et cuisine, disputes et réconciliations, linge suspendu aux fenêtres, pins parasols au milieu des cours intérieures.

Je traverse la rue pour longer les immeubles à l'ombre et passer devant cette petite rue perpendiculaire qui s'engouffre sous des arcades formées par les soubassements de deux édifices.

C'est une ruelle toute cabossée, tout ombragée qui mène sur une placette, où face à face vivaient alors nos frères d'enfance et mon amie du bout du monde.

Quynh Giao a quitté le Vietnam par mauvais temps. Premiers exils, boat people, nouvelle vie romaine et nouveaux parfums à l'heure du goûter. Nems plutôt que tartine Nutella. Pénombre de cette maison louée meublée, rideaux fermés pour calmer les migraines de sa mère, tristesse du déracinement dans ses yeux.

Notre colline offre un refuge.

Elle ne protège pas de la mélancolie.

Je ne prends pas cette rue-là. C'est un autre temps, celui de l'enfance.

Je ralentis, autre période, autre souvenir, celui de l'adolescence.

L'adolescence est un cadeau et un fardeau pour les enfants qui se sentent différents. Elle a brisé mon insouciance tout en m'ouvrant au monde, me plaçant au cœur de ma propre existence. Affranchie de la peur du regard des autres, prête à plonger dans la ville.

Roberta

Je lève les yeux vers les fenêtres du premier étage. Je lance deux sifflements courts, un plus long, pour voir si je sais encore comment m'y prendre. Je souris. C'est comme l'odeur de la glycine et du mimosa, ça ne s'oublie pas.

À ce signal, il y a plus de trente ans, elle se met à la fenêtre et me crie « *Scendo* », chien en laisse et cheveux au vent. Roberta, aussi exubérante que je suis réservée, aussi plantureuse que je suis plate. Elle parle fort, rit fort, aime fort et sans partage.

Je l'ai rencontrée juste après la mort de notre père. On m'avait offert un chien pour me consoler. C'est ce qu'on fait parfois avec les enfants lorsqu'ils ont du chagrin. Un petit chien pour lutter contre la tristesse, pour s'occuper, remplir la maison trop vide, les silences trop lourds.

Nous avons donc une petite Foukhia qui s'acquitte parfaitement de sa fonction consolatrice. Au même moment, Roberta et son colley à poil long et au nez crochu, entrent dans nos vies. Avec ma bâtarde, drôle de mélange entre un basset et un cocker, nous voilà tous les quatre inséparables, chiens et maîtresses. Matin, midi, après-midi et soir.

Ce sont les chiens les plus promenés du quartier et lorsque nous ne sommes pas dehors, je suis chez Roberta ou elle chez moi. Elle fuit sa famille étouffante, je fuis le tsunami qu'a provoqué la mort de mon père. Chacun d'entre nous s'éloigne comme il peut. Chez elle, tout est rangé, ordonné, en place, le thé est servi dans le salon, dans un service en porcelaine et les repas sont pris en famille, à heures fixes. Le chien dort dans l'entrée et n'accède pas aux autres pièces. Chez moi, on dîne sur la table de la cuisine, la vaisselle est dépareillée. On mange des surgelés et mon chien dort sur mon lit. Laisser-aller *post mortem.*

La famille de Roberta est mon repère momentané, sécurisant. Elda me prépare les plats que j'aime. Angelo nous accompagne lorsque nous sortons et nous attend pour nous ramener lorsque nous rentrons tard.

Un soir où je suis dehors sans Roberta, alors que je ne rentre pas, ma mère finit par l'appeler en pleine nuit. Il part à ma recherche, arpente les rues de la ville jusqu'au petit matin.

Aucune remarque, aucun reproche le lendemain, ni jamais par la suite.

Je sais qu'il veille sur moi et il sait que c'est ce dont j'ai besoin.

Nous y sommes presque. Je passe devant le dernier immeuble avant le nôtre, celui d'Enrico, le seul gardien de la rue à avoir gardé sa loge, confident, tout en bonté. Il est désormais plus voûté, ses cheveux sont poivre et sel. Son visage s'anime à mon approche, il retire les mains de ses poches, ouvre grands les bras pour m'embrasser, prend de mes nouvelles et m'en donne du quartier puis lorsque nous nous sommes salués, il remet les mains dans ses poches pour regarder de nouveau passer la vie devant sa porte cochère. Il est devenu le gardien de la rue entière, celui à qui on confie les clés et les secrets de voisinage, un pantalon à rapiécer autant qu'une joie ou une tristesse.

Je m'arrête ensuite quelques mètres plus loin devant la grande porte cochère de mon enfance, elle donne accès au hall de l'immeuble. Mille fois, dix mille fois, j'en suis sortie en courant et j'en suis revenue pour pousser la lourde porte et monter quatre à quatre les marches blanches qui conduisent au deuxième étage où nous habitions. Mais ce n'est pas là que je vais. Je vais chez notre voisin du rez-de-chaussée avec lequel ma mère est mariée depuis presque trente ans et chez qui on accède par une porte au bout de la rue. Lorsqu'on sonne, il y a toujours quelques touristes qui tentent d'entrapercevoir ce qui se cache derrière ces beaux murs anciens.

Au-dessus de l'entrée, une petite terrasse, à laquelle on s'accoude une fois par an pour voir passer le pape dans la rue le jour des Rameaux. Je lève la tête, regarde le ciel limpide, bleu entre les grands pins parasols et les ocres des murs. Mon regard redescend. Une petite statue de la Vierge dans une niche protège le passant, mais mon regard s'arrête sur le fronton qui coiffe la porte et sur lequel cette sentence accueille le visiteur : *Omnium Rerum Vicissitudo est.*

Tout change. Rien n'est immuable.

Derrière la porte

La cloche retentit fort et loin. Tout le quartier est maintenant au courant qu'ils ont de la visite. Les vieux font du bruit. Sonneries, télévision, raclements de gorge ou bâillements… Ils parlent seuls, pour eux-mêmes, oubliant que vous êtes là. Ils parlent dans le vide pour le combler de leur présence de plus en plus chancelante.

Elena, l'aide-ménagère, accourt dans le jardin, elle est suivie de ma mère, fraîche et pimpante. Jolie chemise d'homme, pantalon souple, belle allure soignée, nonchalance affichée.

Il y a des femmes qui embellissent en vieillissant. Ma mère en fait partie. Elle rayonne encore malgré le poids de son corps et ses mouvements plus lents. Sa peau est douce. Son teint hâlé.

On la prend encore pour une actrice de cinéma. On dit d'elle : « *Ma che bella signora* », dans le taxi, chez le coiffeur.

Elle m'accueille, sourire aux lèvres, « Ma chérie ! Mais comment es-tu arrivée ? Tu n'as pas pris de taxi ? (sous-entendu : quelle idée de prendre le bus), tu dois être fatiguée, tu as dû te lever tôt ? ». Elle s'inquiète toujours pour des choses sans importance histoire de masquer l'essentiel, les vraies blessures. C'est du détail et ça lui permet de se focaliser sur ces petites choses accessoires pour éviter le reste.

Car pour le reste, elle botte en touche, elle biaise, tête haute et regard droit.

Giorgio m'embrasse, démonstratif, accueillant, affable.

Je ne l'ai pas aimé tout de suite, ni pendant longtemps.

Il était trop différent, trop romain, trop bourgeois, trop installé, trop vieux jeu ou bien étais-je juste trop en colère ?

Je l'ai aimé avec le temps.

La photo de mon père

Je pose mon sac dans le bureau de ma mère, là où je dormirai ce soir. Je suis habituée à ce rituel. Je viens souvent, maintenant qu'elle ne va plus si bien. Appel à l'aide de Giorgio. Crise de nerfs, elle n'arrive plus à sortir toute seule, elle n'ose plus franchir le seuil de la porte, mais elle le nie. Elle prétend qu'elle reprendra le volant au printemps, que c'est fatigant de remonter à pied sur la colline, qu'elle va se réinscrire à la gym, qu'elle voudrait reprendre des cours de russe et aussi des cours d'aquarelle, qu'elle n'a pas reçu le programme de l'Université du Temps Libre, qu'elle irait bien choisir des livres à la librairie française, qu'elle ferait bien un voyage au Vietnam.

Mais elle n'en fait rien.

Elle a besoin de penser que c'est passager, que demain, elle reprendra sa vie comme avant.

Elle voudrait croire que rien n'a changé.

Et quand elle explose parce qu'elle est submergée par ce qu'elle n'arrive plus à faire, je viens à Rome pour la calmer, la rassurer et lui rappeler ce qu'elle peut encore entreprendre si elle accepte un peu d'aide.

Nous allons nous promener, nous flânons dans la ville.

Je viens pour être là, avec elle au milieu de ses souvenirs.

Je viens pour régler des questions administratives dont elle ne peut plus s'occuper seule.

Je viens souvent, sans mes filles et mon mari, pour être avec elle, avec eux.

En entrant dans son antre, cette fois-ci, je suis surprise.

C'est le portrait de mon père qui m'accueille.

Pourtant durant des années, elle n'a pas même prononcé son nom. Il avait disparu de nos vies.

À croire qu'il n'avait jamais existé.

C'est un cliché de l'époque où nous habitions deux étages au-dessus. Une photo prise sur notre balcon. Ses lunettes sur le nez, les manches de sa chemise retroussées, il lit *Le Monde* et a juste relevé la tête pour la photo.

Je dois avoir sept ou huit ans à l'époque. C'est un de ces matins d'été où le soleil vient taper sur le jasmin qui tombe en cascade de nos jardinières.

Ce jour-là, plus tôt, j'ai dû le rejoindre dans le salon.

Car je me lève tôt. J'aime ces moments où tout est calme. Mon père est installé dans le canapé du salon, déjà absorbé par son travail, compulsant les dossiers du jour, *galabeya* sur le dos, tasse de thé brûlant posée à ses côtés. Il lève la tête et ouvre le bras pour que je vienne me blottir. Je remonte mes pieds sous mes jambes, m'installe tout contre lui. Temps suspendu arraché à l'aube, entre sommeil et éveil.

De là où nous sommes, les effluves du balcon arrivent jusqu'à nous. Si on ferme les yeux, on peut se croire au Liban, en Palestine ou en Égypte, les terres de mon père. Lorsque les fleurs tombent, elles tournoient comme de petites hélices et parsèment le trottoir. J'aime les regarder danser dans les airs. Je m'amuse à suivre ce voyage hélicoïdal d'en haut.

Mais notre balcon parfumé offre aussi la meilleure vue possible pour se raconter des histoires. Il s'ouvre sur le Palatin, majestueuse cité des empereurs, ancienne et familière, l'ocre de ses murs et le vert des pins parasols vers lesquels mon imagination vagabonde. Voyage dans le temps. Combien de vies imaginées dans ces demeures patriciennes, dans ses rues arborées, dans ces bains publics. Je mesure l'histoire qui s'est jouée, là, en face de moi. Les ruines la racontent en silence, elles en sont les vestiges, la mémoire de pierre, de brique et de mousse, à la fois majestueuses et désuètes. Rien ne s'y joue et pourtant tant s'y est tramé, construit, décidé. Cette histoire imprègne la nôtre en profondeur, elle irrigue nos vies d'Occidentaux du Vieux Monde.

Plus près de nous, derrière les petits jardins carrés, en contrebas, l'enclos d'un couvent, dans lequel des nonnes possèdent des poules et des vaches, un verger et un potager. On ne les voit pas, elles sont cachées derrière de lourdes et hautes enceintes, mais on les entend, on les devine.

Mon père s'est levé alors qu'assise par terre, je dessine au pastel sur la table basse. Je cherche les couleurs, le rouge des briques et le vert des arbres.

Tout est encore calme. Mon père s'affaire dans la cuisine. Il aime les rituels. Les œufs au plat du dimanche matin en font partie.

Je l'entends de l'autre côté de la porte qui accueille mon frère tout endormi, épis dans les cheveux et mine du matin. Je les rejoins.

Mon père est rarement là. Lorsqu'il revient de mission, c'est la fête. Il s'absente durant de longues périodes parcourant, entre autres contrées lointaines, le Vietnam, le Mali ou l'Afghanistan pour le compte de l'Organisation des Nations unies pour l'alimentation et l'agriculture. Il est ingénieur agronome et économiste. Son travail consiste à agir en collaboration avec les pays en voie de développement afin de mettre en place des programmes agricoles qui fassent reculer la faim.

S'il n'avait pas dû quitter son pays, il aurait passé sa vie à faire pousser des orangers et des cotonniers. Il aime la terre et les gens qui la cultivent, ceux qui ont ce savoir-là. Au fond, pour lui, c'est le plus grand des savoirs. Lui dont le travail consiste à mettre ses connaissances au service de la terre et des hommes qui l'habitent.

Rendre la terre plus fertile, voilà ce à quoi mon père s'emploie.

Souvent je lis dans son regard du mépris pour les beaux parleurs, les notables, ceux qui brassent de l'air dans les soirées mondaines, qui prétendent à beaucoup parce qu'ils sont bien nés. Il ne les aime pas, ne les respecte pas.

Parfois dans les dîners, il est cinglant. Je le vois au regard de ma mère à leur retour.

Parfois, il dit tout haut ce qu'il pense la plupart du temps tout bas.

Mon père n'estime personne autant qu'un paysan, son travail, sa patience, son humilité. Celui-là ne ment pas. La terre façonne celui qui la travaille. Elle le rend humble.

Il sait que dans la vie comme dans les champs, on peut tout perdre et qu'alors il faut tout recommencer.

C'est ce qu'il a fait, patiemment, à quarante ans. Car mon père a eu une vie avant nous. Pas de mariage ni d'enfant, mais une vie chez lui, en Égypte, auprès des siens, à gérer des propriétés agricoles. C'était avant que Gamal Abdel Nasser n'arrive au pouvoir et ne nationalise les biens et la terre. Sans travail, il a rassemblé ses économies, traversé la Méditerranée et entrepris des études d'agronomie à Paris. Il est reparti de zéro.

Ma mère nous rejoint dans cette cuisine qui est notre refuge familial. Notre endroit à quatre. Elle donne sur une courette au cœur de laquelle un pin immense a poussé, il est bien plus haut que notre fenêtre du deuxième étage. Parfois, un écureuil passe d'une branche à l'autre et nous laisse ébahis derrière la vitre. Nous les citadins qui vivons dans un village.

J'aime ces journées où nous sommes ensemble. Chacun vaque à ses occupations. J'aime aussi lorsqu'on décide de partir à Torvaianica pour une journée de plage avec des amis. Mon père délaisse les adultes qui se prélassent au soleil pour être avec nous. Il aime les enfants et c'est réciproque. Nous grimpons sur son dos, nous l'éclaboussons, nous lui montrons ce que nous avons appris à l'école de natation où nous allons tous ensemble, en bas de la colline. Puis, lorsque les autres se sont lancés dans une partie de ballon dans l'eau, nous nous éloignons, lui et moi. Nous nageons côte à côte. Lui, la nage indienne, la seule dont aucune école de natation ne vous apprend le style. Pourtant il nage avec élégance. Ses bras se croisent, ses jambes prennent des directions opposées et repoussent l'eau comme dans un ballet aquatique.

Lorsque je suis fatiguée, j'enlace son cou, je m'agrippe à son dos et il me ramène au bord.

Nous retrouvons mon frère et ma mère, bien plus frileuse que nous tous, qui prend tout son temps pour entrer dans l'eau.

Ensemble, nous faisons la planche, pour regarder le ciel. Nous tentons, lorsqu'il y a des nuages, d'y reconnaître les formes qui se dessinent.

Tête contre tête, nos corps étendus forment les pointes d'une étoile. Nous sommes les aiguilles d'une même boussole, chacun de nous indiquant un des quatre pôles.

D'autres fois nous allons passer la journée dans les ruines d'Ostia Antica. On parcourt les maisons de ceux qui nous ont précédés. Les parents s'installent sur les gradins du théâtre antique que nous nous sommes appropriés pour y improviser une scène ou y faire une partie de foot. On joue à cache-cache entre les ruines des maisons, entrant chez les gens comme si nous étions chez nous, on fait la sieste sous les eucalyptus et on repart avec de petites baies qui embaument encore longtemps après avoir quitté les lieux.

C'est un passé qui n'a pas encore été sacralisé. On ne s'y promène pas comme dans un musée. On peut s'y perdre, grimper sur les murs, pique-niquer sur les vestiges d'une table antique. C'est une histoire familière, proche, presque intime.

Lorsqu'il est à Rome, le matin, mon père attend avec nous au pied de l'immeuble le minibus de Franco qui nous emmène à l'école. Puis, il marche jusqu'à son bureau de la FAO, tout proche sur la Viale Aventino. Il choisit de prendre le chemin qui passe devant Santa Prisca ou de traverser la roseraie et de descendre par le Circo Massimo.

Parfois, en fin de journée, il nous appelle pour que mon frère et moi venions à sa rencontre.

Il faut passer alors devant l'entrée du couvent des sœurs camaldules. À cette heure-ci, la grille est fermée, mais à midi, les nonnes l'ouvrent pour offrir un repas chaud, préparé avec ce qu'elles cultivent, à ceux qui en ont besoin – clochards, marginaux, puis plus tard, SDF et migrants. Notre colline, si tranquille et si prisée par la bourgeoisie pour son calme voluptueux, est donc quotidiennement peuplée d'hommes et de femmes pauvres et de hordes de félins qui viennent finir les gamelles abandonnées sur le trottoir.

Les gens qui vivent dans la rue à Rome sont souvent entourés de chats. C'est le cas de Marra, l'amie, la protégée de ma mère ; nous la connaissons depuis toujours. Ma mère a trente-quatre ans au début des années 1970 quand fraîchement mariée, elle arrive à Rome. Nous ne sommes pas encore nés et tandis que son mari travaille, elle s'ennuie et arpente la ville et ses parcs. Ces deux solitudes, la sienne et celle de Marra, se rencontrent et se comprennent. La jeune épouse esseulée dans un pays qui n'est pas le sien et la vieille dame aux yeux perçants que les revers de la vie ont poussée à l'exil. Marra a eu son heure de gloire, elle a chanté à l'opéra dans son pays d'origine, la Hongrie. Je ne sais pas son âge, il me semble qu'elle a mille ans. Elle parle tant de langues et connaît tant de choses. Elle dort dans une chambre sans eau courante, sous les toits, près du Colisée, mais elle passe ses journées dehors, entourée de ses chats qu'elle ne quitte qu'une fois par semaine pour venir chez nous. Elle vient boire le thé et prendre une douche. C'est un rituel. Comme la sorcière de *Blanche-Neige*, elle arrive une pomme à la main. Ce cadeau nous inquiète mon frère et moi mais nous n'osons le refuser, conscients de sa valeur. C'est sa façon de remercier ma mère pour ce moment de civilité.

C'est souvent, un peu plus bas, devant la roseraie, que l'on retrouve mon père. Jean-Sélim attrape son attaché-case, je prends sa main et on s'interrompt l'un l'autre pour lui raconter notre journée.

Sur notre colline, on croise la haute bourgeoisie et les laissés-pour-compte, les amoureux venus pour s'embrasser, les touristes pour visiter Santa Sabina et la Piazza dei Cavalieri di Malta, les toxicos pour planer sur la terrasse de Rome, les mariés pour une séance photos.

Et puis il y a nous, qui y sommes chez nous.

Bien conscients de notre chance.

Parachutés dans ce paradis auquel nous goûtons en remontant l'allée pleine de nos récits d'enfants.

Le certificat de vie

Je n'ose pas demander à ma mère ce qui l'a poussée à ressortir cette photo de mon père d'un tiroir et à lui trouver un joli cadre pour la poser sur son bureau. Il y a de la pudeur quand on est surpris par un changement soudain, le besoin de prendre le temps, la mesure de cette modification subtile et pourtant manifeste.

Chez nous, il n'y avait pas de photos.

Alors que certains vivent entourés de ceux qu'ils aiment conservés dans des cadres précieux qui ornent le buffet, alors que d'autres confectionnent des panneaux de photos dans leur cuisine ou leur chambre à coucher, nous avons grandi sans.

Les photos étaient rassemblées dans des albums méthodiquement compilés par ma mère comme l'aurait fait une archiviste, mais nous ne les ouvrions jamais. Ces images étaient le témoignage d'une période révolue. Elles méritaient d'être conservées avant de passer à un autre chapitre de notre existence.

Mais ce n'est pas le moment de m'attarder sur le rapport de ma mère aux photos et aux souvenirs car je vois bien qu'elle est préoccupée. Elle me tend une feuille qu'elle a reçue et qu'elle doit faire valider par une autorité civile : son certificat de vie. Sans quoi, elle ne touchera plus de pension.

Elle trépigne. Ce genre de démarche administrative l'agite et au regard des méandres bureaucratiques qui nous attendent, combien je la comprends. Elle panique. Elle ne sait pas où aller, quel bureau, la police, la mairie, le consulat ? Quels horaires ? Y aura-t-il beaucoup d'attente ? L'affaire n'est pas claire. Alors on démarre par les carabiniers du quartier, dont ce n'est pas le rôle, et qui nous orientent vers la préfecture de police située à l'autre bout de la ville. Trop loin. Nous repartons vers le consulat de France (puisque ma mère est française) où des militaires armés jusqu'aux dents nous crient de reculer. Ma mère et un vieux monsieur tout maigre et très ridé s'exécutent, dociles. Trente minutes d'attente, instables, avant de nous indiquer que le consulat n'a plus pour mission de valider les certificats de vie et qu'il faut désormais aller à la mairie. Nous voilà reparties vaillamment vers le bureau d'état civil de la ville pour enfin décrocher le Graal.

À quatre-vingt-trois ans, il faut courir les bureaux administratifs pour faire tamponner un document par un fonctionnaire devant lequel vous vous êtes présenté plus ou moins debout, plus ou moins en possession de vos facultés physiques et mentales, pour qu'il tamponne le sacro-saint bout de papier validant le fait que vous n'êtes pas encore mort.

Et l'année suivante, recommencer ce cirque.

Nous sommes fatiguées, mais ma mère est du genre coriace. Elle veut déposer ce document à la FAO afin qu'il parte par le courrier diplomatique vers le service des retraites des Nations unies qui se trouve à New York.

Une guérite a été installée en surplomb de la rue, à l'entrée de ce qui était jadis le périmètre de la FAO, sans garde ni contrôle. Un homme derrière une vitre nous demande notre laissez-passer. Nous nous regardons interloquées. Je lui explique que nous n'en avons pas. Ma mère souhaite simplement déposer une lettre au courrier interne des Nations unies pour qu'elle arrive plus vite à New York, où le service des retraites dont elle dépend se trouve. Le garde secoue la tête et hausse les épaules. Il ne peut rien pour nous, ce sont les consignes ; sans laissez-passer, personne n'entre.

Il s'impatiente pendant que des gens affluent un badge à la main, prêts à déposer leurs sacs sur le tapis roulant et à passer sous le portique à rayons X.

Je me tourne vers ma mère et la regarde, visage crispé, tenant dans la main la preuve qu'elle est vivante, anxieuse à l'idée d'être radiée des listes, enterrée avant l'heure.

Mon cœur se serre devant son désarroi. Nous sommes bien seules toutes les deux, à la porte de ce qui fut un lieu familier de notre vie commune, quand nous étions quatre.

Je ne sais pas si elle fait à cet instant le lien avec notre histoire, si elle réalise ce qui est à l'origine de toutes ces mesures sécuritaires au sein des bâtiments des Nations unies à travers le monde. Je ne sais pas si elle comprend que l'événement dont nous avons été les premières victimes a modifié l'accès à ce lieu-ville où nous arrivions mon frère et moi en chahutant, heureux et insouciants, ce lieu à l'intérieur duquel nous allions au supermarché, à la bibliothèque et à la banque, et où, parfois, nous pouvions déjeuner avec notre père à la cafétéria.

Même les plus petits détails de notre paradis commun, celui de mon enfance, n'existent plus.

Voilà ce que nous signifie abruptement ce garde derrière la vitre blindée de sa guérite.

Je la prends par le bras, la rassure. Ce n'est rien. J'essaie un peu d'humour. Les postes italiennes sont bien plus fiables qu'elles ne l'étaient. Son courrier arrivera tout de même à bon port.

Et nous nous dirigeons vers le bureau de poste pour commencer à faire la queue au guichet.

Son monde

Lorsque nous rentrons de cette épopée, elle part s'allonger. Je sais qu'elle va dormir longtemps. La santé physique de ma mère tient à son sommeil. Elle ne connaît pas l'insomnie. C'est une dormeuse insatiable.

Je m'installe sur son canapé, au milieu de ses souvenirs. Cette pièce recèle tous ses trésors. Son univers dans quinze mètres carrés au sein de la maison de celui qu'elle a épousé.

Des livres en français, en russe, en italien, en anglais ; de jolis objets rapportés d'Orient et d'Asie ; des disques, beaucoup de disques : Bach surtout, mais aussi du jazz et du blues, des photos apparues au fil du temps ces dernières années, des photos de nous, de nos enfants et d'enfants inconnus du bout du monde, photos colorées qui ont la même place dans son antre que celles de sa propre famille. Et puis il y a cette boîte très ancienne qui contient toutes les lettres de ceux qu'elle a aimés au cours de sa vie. Elle y a collé une étiquette avec mon nom. Car ma mère fait de moi la dépositaire de tous ses trésors. Elle dresse des listes de tout ce qu'elle veut que je garde après sa mort et souvent en soulevant un livre, je découvre un petit papier collé dessus où est écrit : « Pour Maïa ». Je devine alors que ce livre-ci lui est plus précieux que les autres.

Dans un tout petit cadre discret sur l'étagère, une photo de mon père et moi retient mon regard. Je la prends pour la voir de plus près : nous sommes assis sur un banc dans le jardin des orangers ; rien de flamboyant. Nous sommes légèrement voûtés, modestes. Il me serre contre lui. Il porte un blouson de sport crème.

Le même que ce jour de septembre, quelques années plus tard. C'est l'aube, une belle aube de fin d'été. Rome est endormie, le quartier est calme. Ma mère m'a tirée du lit pour lui dire au revoir. Mon père repart travailler en Chine, alors que nous nous installons de nouveau en Italie après une longue période à l'étranger. Il est encore en poste à Pékin, mais nous avons décidé de faire notre rentrée scolaire à Rome où il doit nous rejoindre dans quatre mois. Jean-Sélim a quinze ans, j'en ai treize.

Après les vacances d'été passées en Chine puis en France, il nous a raccompagnés pour que nous nous installions à nouveau dans l'appartement que nous avions laissé à une amie pendant les trois ans passés loin de la Ville éternelle. C'est notre dernière séparation puisqu'en janvier, il sera à la retraite.

Nous nous penchons tous les trois sur la rambarde du balcon pour le voir partir.

Mon père est toujours impeccable, chemise en coton d'Égypte faite sur mesure, pantalon à plis. Il doit être en train de mettre ses gants en cuir, ceux-là mêmes qu'il porte toujours lorsqu'il prend le volant.

Il lève la tête, tourne vers nous son visage doux. Ses yeux fatigués nous sourient. Il nous fait un signe de la main puis démarre.

La voiture disparaît derrière l'immeuble mitoyen.

Douceur

Après sa sieste, ma mère entre dans la pièce. Elle s'assied à côté de moi. La photo est posée sur l'accoudoir du canapé. Elle la prend, la regarde longtemps et se tourne vers moi alors que je suis partie dans mes rêveries : « Tu n'aimais pas ses absences », dit-elle, puis elle ajoute : « Dès qu'il partait en mission, tu commençais à l'attendre. »

Je n'en reviens pas de l'entendre parler de nous. Jamais elle ne m'a dit un mot sur lui, sur nous, sur ce qu'elle avait compris de notre tendresse.

Elle continue : « Et dès qu'il était là, tu vivais à nouveau. »

Elle prend ma main, la caresse et se rendort à côté de moi.

Petite respiration, souffle régulier, sifflant, je me cale sur son rythme, son cœur fatigué résiste. Elle mise sur le fait qu'il lâchera avant que sa tête ne l'ait abandonnée. Pourtant, ni son souffle au cœur, ni son arythmie ne l'ont mise à terre. Le processus de grignotage de sa mémoire avance. La lutte est engagée, tenace, féroce, elle résiste encore par tous les moyens et elle tient : avec la lecture, même si désormais chaque livre reste des mois sur sa table de nuit ; avec la presse française et italienne, *Le Monde* ou le *Corriere della Sera*, qu'elle lit de la première à la dernière page tous les jours ; avec un scrabble quotidien. Bien que l'italien ne soit pas sa langue maternelle, ma mère met un point d'honneur à battre son mari romain. Elle tente de reculer le moment où elle va sombrer, vaillamment optimiste. Elle se dit qu'un cœur, ça lâche d'un coup. Je la connais assez pour savoir qu'elle partira avec cette élégance-là. Je la suspecte d'avoir prévu d'arrêter ses médicaments lorsqu'elle sentira qu'elle est sur le point de perdre la bataille.

J'aimerais avoir encore un peu de temps avec elle maintenant que sa mémoire défaillante ouvre les portes d'une sensibilité gardée enfouie et j'entraperçois, avec cette phrase pleine de douceur sur mon père et moi, évocatrice d'une mémoire lointaine, que je touche à une part de ma mère dont elle s'est privée toute sa vie et dont par conséquent elle *nous* a privés.

La part manquante.

La famille de ma mère

Dix mois après sa naissance, alors que ma mère ne sait ni marcher ni parler, ma grand-mère est déjà accaparée par un nouveau-né. Ma mère est l'aînée d'une fratrie de sept. Elle a ainsi assisté à l'agrandissement de la famille, naissance après naissance. Alors dès qu'elle l'a pu, elle a pris la tangente. Elle est d'abord souvent partie chez ses grands-parents maternels dans l'appartement de la rue Roquépine qui jouxte le temple où son grand-père officie en tant que pasteur, chez sa cousine chérie place des Ternes dont la famille demeure tout de même moins nombreuse que la sienne, puis plus tard, en pension à Grenoble et enfin, beaucoup plus loin, en Amérique, laissant très tôt à ma marraine, de trois ans sa cadette, le rôle de grande sœur responsable, « de petite mère » dont elle ne voulait pas.

Elle était pourtant très reconnaissante d'avoir été élevée et aimée dans cette tribu, très heureuse de cette famille soudée, mais ce n'était assurément pas le modèle qu'elle souhaitait reproduire.

Elle m'a toujours donné l'impression d'avoir une certaine répulsion à l'égard de la maternité.

À cause de l'entrave que cela induisait.

Combien de fois l'ai-je entendu dire de sa mère : « Pauvre maman », « Quelle vie elle a eue ! », « Au troisième enfant, elle était si fatiguée qu'on a cru qu'elle allait y passer ».

Cependant, lorsque nous avons grandi, elle a eu envie que nous connaissions ce qu'elle avait aimé des grandes familles : les vacances entre cousins, les grandes tablées, les jeux dans le jardin, les balades à vélo, les baignades à marée haute et la pêche à pied à marée basse.

Pour nous, pas pour elle.

Elle, elle s'installait dans un transat au fond du jardin avec ses livres et nous ne la voyions pas des vacances. J'imagine qu'elle avait besoin de ce calme comme lorsqu'elle était adolescente et qu'elle s'enfermait dans sa chambre pour s'isoler, pour ne pas entendre le brouhaha des petits.

Noël en France

Nous avons sept et neuf ans. Cette année-là, nous sommes montés fêter Noël en famille chez mes grands-parents maternels dans l'Eure. La maison est grande. Les pièces qui donnent sur la rue sont inhabitées et sentent l'humidité. De l'autre côté, celles qui surplombent le jardin clos et son saule pleureur sont un enchantement. Nous vivons dans celles-ci. Les six frères et sœurs de ma mère, leurs conjoints et mes vingt-trois cousins germains sont réunis. Nous les connaissons mal. Jusque-là nous avons passé la plupart de nos vacances en Égypte ou dans le sud de l'Europe, dans des maisons de location.

Ma grand-mère est déjà atteinte de la maladie d'Alzheimer : ses phrases sont hésitantes, parfois incohérentes. Lorsqu'on lui offre un parfum, elle croit que ce sont des chocolats et fait mine de se régaler. Nous, les enfants, trouvons ça très drôle et elle rigole avec nous.

Son chignon tiré contraste avec son regard tendre et son bon sourire. Elle a en elle quelque chose de volontairement burlesque, elle a gardé sa fantaisie. C'est sa façon à elle d'être au monde, de faire face au meilleur comme au pire.

Peut-être est-ce pour cela que je l'observe au milieu du brouhaha. Peut-être aussi parce que je suis intimidée par tout ce monde.

Je la suis donc du regard et je vois bien qu'elle rôde, s'approchant d'un groupe puis s'en éloignant, ne sachant trop comment s'immiscer dans une conversation qu'elle n'arrivera de toute façon pas à suivre. Alors quand l'agitation se fait trop grande, elle se dérobe discrètement. Je la suis. Personne ne nous remarque. Nous trouvons refuge dans sa chambre. Elle me sourit. Elle tire la chaise de sa coiffeuse et s'assied tout au bord, en équilibre. Je m'installe sur son lit. Elle s'approche de la commode sur laquelle est conservée sa collection d'automates. Ce sont de petits animaux en peluche, principalement des ours. Elle me regarde, malicieuse, puis tourne lentement, méthodiquement, la petite clé que chacun a dans le dos.

Nous assistons alors à leur mise en mouvement, l'un porte un verre à sa bouche pendant que le suivant se peigne et qu'un autre commence à faire claquer des cymbales. Il y en a un qui frappe sur un petit tambour, son voisin se met à danser et le dernier fait du tricycle. Ils sont beaux et précieux.

Ma mère entre en silence dans la pièce. Elle s'allonge sur le grand lit, passe les mains derrière sa tête pour observer avec nous ce ballet apaisant.

Le pays des hautes falaises

Cet hiver-là, nous prolongeons notre voyage jusqu'à la côte normande, là où certains membres de la famille passent depuis des générations leurs vacances d'été. Un de mes oncles, le plus proche de ma mère, sa femme et leurs enfants y ont une maison. Mes parents projettent d'en faire notre lieu régulier de vacances. Nous ne connaissons pas encore bien la France, encore moins le pays de Caux.

Nous arrivons tous les quatre dans la Renault 21 familiale avec laquelle nous avons fait le voyage depuis Rome. Elle risque à tout moment de s'embourber sur le petit chemin de terre menant à la maison que nos parents veulent visiter.

C'est une petite ferme normande à l'entrée d'un hameau.

Lorsque nous sortons de la voiture, nous sommes impressionnés par l'immensité des arbres tendus vers le ciel, des hêtres majestueux entourent la prairie sur laquelle nous marchons tous les quatre. Nous sommes équipés d'un accoutrement qui n'est habituellement pas le nôtre, nous ressemblons à des cosmonautes débarquant sur la Lune, nous sommes raides et engoncés dans des doudounes trop grandes, coiffés de bonnets qui grattent et chaussés de bottes de pluie.

Nous avançons côte à côte dans les herbes hautes et mouillées du clos-masure.

L'agent immobilier arrive pour ouvrir la maison froide et humide. Elle n'a pas été habitée depuis un moment. C'est une maison à colombages avec un salon bas de plafond et une grande cheminée, une petite cuisine, une chambre en rez-de-chaussée pour les grands-parents et deux chambres à l'étage pour nous et nos parents. Chacun d'entre nous déambule d'une pièce à l'autre, cherchant à voir si nous pourrions y poser nos affaires et nous y sentir chez nous.

Lorsqu'à la fin de la visite nous nous retrouvons dans le salon, mon père, qui a pourtant déjà éternué une vingtaine de fois depuis notre arrivée, se tourne vers ma mère, puis vers l'agent, et dit : « On la prend. »

Mes parents étaient souvent d'accord et quand ils ne l'étaient pas mon père dormait sur le canapé. Puis, je ne sais pas comment, tout rentrait dans l'ordre et ma mère se pendait à nouveau à son cou.

Ils s'étaient rencontrés en Algérie quelques années après l'indépendance alors que mon père menait sa première mission pour les Nations unies et que ma mère avait trouvé dans le même organisme un emploi de secrétaire bilingue. Elle n'avait plus vingt ans mais trente passés, elle avait bourlingué :

enseigné le français aux États-Unis parce qu'elle aimait le jazz, appris le russe à l'Inalco parce qu'elle était amoureuse de son cousin communiste, utilisé son image de jeune fille de bonne famille pour accompagner des porteurs de valise du FLN avant de travailler pour la Cimade dans les bidonvilles de Marseille. Elle était foncièrement de gauche, quand mon père penchait plutôt à droite. Il avait longtemps été du côté des nantis, les riches propriétaires terriens pour lesquels il travaillait, et à qui le communisme de Nasser avait fait perdre biens et privilèges.

Mais pour chacun d'eux l'autre représentait un monde différent, attrayant, et offrait la possibilité de la nuance. Pas d'utopisme mais un monde plus juste, plus riche, plus ouvert et plus joyeux.

La cuisine de ma mère

Nous sommes à table tous les quatre. Mon frère doit avoir dix ans et moi huit. Ma mère a préparé un repas sain et équilibré, pas beaucoup de saveur, un repas « protestant » comme elle seule, en Italie, pays de la bonne chère, doit en préparer : tout ce qu'il faut pour être en forme, mais sans le plaisir des papilles. Nous faisons mon frère et moi des expérimentations, nous sommes capables de mélanger tout notre repas (petits pois, coquillettes, jambon...) dans notre yaourt pour finir plus vite. Mon père, oriental et sensible à la gastronomie, s'est fait une raison. Il a épousé la femme la moins à même de nous régaler en cuisine. Il rit d'elle et de sa volonté farouche de bien faire. Il se lève et la prend dans ses bras, elle rit avec lui. Elle se nourrirait de fromage et de fruits. C'est pour nous qu'elle s'applique, qu'elle croit bien faire en préparant de la cervelle bouillie, du foie de veau, des épinards et des choux de Bruxelles. C'est qu'elle se donne du mal. Ils dansent maintenant tous les deux entre la cuisinière et la table, esquissent quelques pas maladroits, amoureusement enlacés, tandis qu'attablés, nous chronométrons le temps qu'il nous faudra pour avaler notre yaourt-repas complet.

Triste novembre

Nous sommes assis mon frère et moi, côte à côte, sur mon lit. La journée a été longue. C'est long une journée qui change votre vie. Je sens mes yeux craquelés d'avoir tellement pleuré. Je ne pensais pas qu'on pouvait ressentir autant de chagrin, qu'on pouvait avoir mal de tant de larmes. Jean-Sélim pose son bras autour de mes épaules. Il est si jeune et si frêle. Son corps est encore celui d'un enfant, il a juste un peu de duvet sur le visage, prémices d'une adolescence tardive ; nous sommes blottis l'un contre l'autre, maladroits, apeurés par la vie qui nous attend sans lui, et il me dit « Je suis là, moi », puis tout bas, comme pour lui-même : « Tout ira bien. »

Un appel téléphonique ce matin-là a transformé notre existence, un petit coup de fil de ceux que l'on n'attend pas. Trop tôt pour un appel anodin.

Je suis la seule debout à cette heure matinale. Il n'est pas encore sept heures. Je me prépare pour partir au collège où je viens d'entamer mon année de quatrième. Je réponds. Voix lointaine qui réclame ma mère en anglais. À cet instant, je pense encore que c'est lui, papa ; qu'il a fait appeler une secrétaire de son bureau de Pékin, qu'il a mal calculé le décalage horaire. Je ne connais pas l'appréhension. Je ne suis pas encore suspicieuse.

Ce jour-là, je le deviens durablement.

Ma mère arrive, tirée de son lit à la hâte, T-shirt, culotte, elle prend le téléphone, écoute, puis son corps se raidit, elle s'agite, parle vite. Sa voix se brise. J'entends ses mots qui s'opposent à l'autre, résistent. Elle bataille ferme. Elle ne veut pas croire que tout est joué, là-bas, à l'autre bout du monde.

Lorsqu'elle raccroche, mon frère qui nous a rejointes regarde en silence par la fenêtre. J'ai les yeux rivés sur elle. Nous sommes deux enfants qui aimeraient suspendre le temps pour ne pas entendre la phrase qui devient seconde après seconde plus inéluctable.

« Papa est mort. »

Nous y voilà.

Propulsés dans le monde des mortels.

L'hiver 85

Cet hiver-là, il fait froid. Un bel homme maigre à la longue barbe argentée tente de se réchauffer sur un des bancs du jardinet en face de chez nous, son paquetage à côté de lui. Les affaires de notre père sont encore là, dans le placard. Mon frère, qui passe désormais un temps fou à la fenêtre, se tourne vers moi ; son visage s'éclaire. Il part en courant dans la chambre des parents et revient quelques instants plus tard, un manteau à la main, un beau et long manteau noir en cachemire.

Je l'entends qui descend quatre à quatre les marches du grand escalier blanc.

Je regarde par la fenêtre, il s'approche de l'homme, lui tend le manteau. L'autre sourit, se lève, l'enfile, le boutonne et se rassied, satisfait. Mon frère remonte les étages à grandes enjambées.

Maintenant, nous pouvons partir à l'école.

Comme chaque matin, nous courons pour attraper le 94 puis le 60 ou le 62 qui nous mènent près du lycée. Au fil du trajet, nous retrouvons nos copains de classe.

Mais les matins de cet hiver-là, aucun de nous deux ne se mêle aux rires et aux discussions.

Le plus étrange, ce n'est pas son absence. Nous sommes habitués aux absences de notre père. Mais c'est de ne pas le voir revenir, de ne plus entendre sa voix au bout du fil, sa voix lointaine avec l'écho des *international phone calls* d'antan, de ne plus recevoir ses lettres, pattes de mouche sur du papier extrafin « Air mail post ».

Non, en fait le plus étrange, c'est son absence à elle. Parce qu'en raccrochant, ce jour-là, ce triste jour de novembre, ma mère a quitté notre navire en même temps que lui.

Elle s'est habillée, a prévenu les amis les plus proches, est descendue pour s'occuper des questions administratives, papiers à remplir à la FAO, assurance, billet d'avion pour partir en Chine rapatrier son corps et organiser le déménagement de ses effets personnels. Et elle n'est jamais complètement revenue. Quelque chose en elle a vrillé, invisible à l'œil nu mais profond.

En apparence, tout semble normal.

Le ciel est toujours aussi clair.

Passé les premiers jours où chacun est venu déposer un plat chaud, un bouquet de fleurs, un petit mot, notre vie continue.

Mon frère et moi sommes entrés dans une phase de total « free style ». Nous sommes les survivants d'une équipe décimée, des combattants livrés à l'inconnu.

Tous les jours désormais, il m'attend devant le collège.

Tous les jours, notre mère disparaît un peu plus.

Les maquettes

Seuls dans l'appartement, réminiscence de l'enfance, Jean-Sélim a quinze ans et passe encore des heures penché sur des maquettes d'avion qu'il construit patiemment. De temps en temps, il essaie de me faire partager sa passion. Il me tend un magazine d'aéronautique pour que j'admire le dernier Airbus A320 : « Regarde, t'as vu la cabine de pilotage, tous ces écrans, c'est pour faciliter le pilotage, c'est génial, non ? », ou en me montrant le Rockwell B1 : « Non mais une ligne pareille, regarde ses ailes comme elles sont profilées, t'imagines la vitesse de l'appareil ? »… Oui vaguement… Enfin si tu veux... Sa passion pour les avions englobe tout ce que l'homme est capable de faire voler dans le ciel, du petit coucou aux mirages en tous genres en passant par les avions de ligne dont il me décrit les caractéristiques de chacun.

Pendant ce temps, je traînasse avec Roberta et nos chiens au parc. Je suis médiocre à l'école et je m'en fous. Quand maman revient, comme si de rien n'était, on dîne ensemble avant de la voir repartir, aussi volubile et évanescente qu'un papillon. Elle est là. Plus là. Encore un peu là. Plus là !

Nous devenons experts en plats Findus.

Dans une chambre d'hôtel

Il est en voyage dans la province du Fujian en ce sinistre mois de novembre 1985, invité par le gouvernement chinois avec d'autres diplomates en poste à Pékin. Sur un petit film qu'un de ses confrères nous a envoyé, on les voit en groupe, joyeux comme le seraient des élèves en voyage scolaire. Ils regardent le paysage depuis le pont d'un bateau qui parcourt le fleuve Min. Au milieu de ce groupe, mon père, appuyé contre la balustrade, se tourne vers la caméra, il a l'air absent, ses traits sont tirés, ses cheveux ne m'ont jamais semblé aussi blancs.

Ce jour-là, une fois rentré à l'hôtel après leur excursion, il demande à voir un docteur. Il se sent fatigué. Mon père n'est pas du genre à faire venir un médecin sans raison. Celui-ci arrive dans l'après-midi, l'ausculte. Je ne sais pas comment ils communiquent, s'il parle anglais, si un traducteur est là. Toujours est-il que l'homme ne détecte rien d'anormal. Il le rassure.

Le soir, mon père descend dîner avec les autres avant de remonter dans sa chambre.

Le lendemain matin, le groupe doit repartir en car vers une autre ville mais mon père ne se présente pas au petit déjeuner, ni à l'heure convenue du départ du car. Ils sont tous là, les autres, installés comme des gamins, deux par deux. Il doit y avoir les dissipés dans le fond, les bons élèves devant. Ils s'impatientent, ils sont prêts pour le départ mais mon père ne vient pas. Les organisateurs veulent partir. Une amie allemande de la famille (celle-là même avec laquelle ma mère a bataillé, incrédule, au téléphone ce matin de novembre où elle a appris sa mort) se lève, refuse que le car parte. Les autres font corps autour d'elle. Ils sont inquiets. Anne demande qu'on monte dans la chambre de mon père. Elle accompagne le réceptionniste et le dignitaire responsable du voyage organisé.

Lorsqu'ils arrivent sur le palier, ils toquent, d'abord doucement puis plus fort. Aucune réponse.

Au travers de la porte, ils entendent le son de la télé qui grésille.

Ils se concertent, Anne demande qu'on ouvre.

Mon père, tout habillé, est étendu sur son lit, la main sur le cœur.

Très vite, le médecin légiste demande à pratiquer une autopsie.

Ma mère, sous le coup de l'émotion et à huit mille kilomètres de distance, s'y oppose avec force : « Ne le touchez pas. Laissez-le en paix. »

Il doit pourtant remplir le certificat de décès. Alors, il énumère une série de causes ayant pu provoquer sa mort : crise cardiaque, hémorragie cérébrale, hémorragie digestive.

Plus terre à terre qu'un empoisonnement commandité par le Mossad.

La boussole est cassée

C'est fragile une boussole. La nôtre a perdu un de ses pôles, le pôle Sud, celui qui réchauffe les cœurs et les corps. Les autres aiguilles s'affolent. Nous ne savons pas comment faire, nous avançons à tâtons, sans plus d'indications claires. Pourtant ma mère fait comme si de rien n'était, comme s'il n'y avait jamais eu de boussole, comme si nous n'avions pas formé une famille. Pas d'enterrement pour nous, pas de photos, plus de Noël en Égypte, plus de vacances ensemble. On ne prononce plus son nom. Et dans cette équation chargée de non-dits, nous n'avons pas d'outils pour avancer.

Alors, dans le tiroir de ma table de nuit, je garde précieusement la dernière lettre de mon père. Elle a été postée quelques jours avant sa mort et elle me sert de boussole. Je la garde comme un trésor, j'y cherche des indices, la direction à prendre. Parfois je récite comme un mantra les mots par lesquels elle se termine. Ils tournent et retournent dans ma tête : « Aime ta mère, chéris ton grand frère, prends soin de toi et pense à moi », « Chéris ton grand frère », « Prends soin de toi », « Aime ta mère » et « Pense à moi ».

Free style

Bien plus tard, jeune adulte, j'ai interrogé ma mère sur ce que nous avions vécu comme un abandon de sa part. Pourquoi avait-elle déserté la maison, reprenant subitement un emploi alors que jusque-là elle n'avait travaillé que ponctuellement ? Pourquoi avait-elle entrepris des formations l'été au lieu de passer ne serait-ce que quelques jours de vacances avec nous ? Pourquoi rentrait-elle tard le soir, à l'heure où nous étions déjà couchés ?

Pourquoi avait-elle agi dans un double mouvement : se comportant comme si rien n'avait changé dans notre existence tout en nous fuyant autant qu'elle le pouvait ?

Elle a répondu, laconique, bottant en touche comme elle sait si bien le faire : « Je pensais qu'il ne pouvait rien vous arriver. Je n'ai jamais eu peur pour vous. Je savais que vous feriez vos expériences et que vous trouveriez votre chemin. »

Il est vrai que nous avions l'âge du début de l'indépendance et de l'autonomie mais nous étions dans cette période d'entre-deux qui fragilise ou consolide le socle de l'enfance.

Ma question avait donc le goût du reproche. Et sa réponse n'en était pas une.

À l'époque, nous avions déjà compris qu'elle ne ressemblait en rien à une mère sacrificielle. Pendant qu'elle fuyait notre tristesse et la sienne, nous expérimentions la fin de l'enfance et le début de l'adolescence sans parents, car si elle avait su être mère au contact et dans le regard de mon père, sans lui, soudain, elle ne savait plus.

C'est pourtant une période à la fois très heureuse et malheureuse qui débute, tant l'adolescence chamboule tous les paradigmes de l'existence. J'ai le sentiment d'être une chenille qui a terminé sa mue et vient de se transformer en papillon. Un beau papillon noir et blanc. Je découvre qu'on me regarde.

Je ne suis plus transparente. Je ne suis plus timide. Plus maladroite non plus. Et je ne fais plus tout ce qu'on attend de moi. Je suis fâchée et ma colère devient mon alliée.

En réalité, elle me permet juste de faire face.

Je sors beaucoup, je traîne beaucoup. Je fais tout beaucoup et cette liberté est grisante.

Alors que mon frère est sérieux, je suis rebelle.

Alors qu'il est responsable, je recherche le danger.

Alors qu'il travaille bien, je redouble.

Alors qu'il fréquente de jeunes gens sages et raisonnables, je fréquente ceux qui, comme moi, cherchent les limites, un peu plus loin, toujours un peu plus loin.

Alors qu'il a une amoureuse, mes expériences sentimentales sont calamiteuses.

Mais nous sommes les soldats de notre nouvelle existence, nous assistons notre coéquipier, le défendons lors des attaques, le portons lorsqu'il flanche, le soignons lorsqu'il est blessé.

Il est ma mère.

Il est mon père.

Il est ma sœur et mon frère.

Il me soigne lorsque je suis malade, me rassure quand j'ai peur, se fâche lorsque je prends des risques.

Je le soigne lorsqu'il est malade, le rassure quand il a peur mais je n'ai pas encore besoin de me fâcher, il ne prend pas encore de risques.

Un samedi après-midi

Ce samedi-là, je dois avoir quatorze ans, j'ai passé l'après-midi dehors avec des amis et tandis que je remonte la colline, je me sens lasse, fatiguée. Je me traîne dans les escaliers de l'immeuble, mes jambes ne me portent plus. Il me semble que ces deux étages sont aussi éprouvants que l'ascension de l'Everest.

Lorsque j'arrive dans l'appartement, ma mère s'apprête à sortir. Elle est embêtée de me voir dans cet état, elle me prépare une tisane, pose le thermomètre et le téléphone à côté de mon lit puis s'en va. Je ne comprends pas bien qui je suis censée appeler en cas de besoin, les téléphones portables n'existent pas et elle est partie au théâtre.

Lorsque Jean-Sélim rentre, la fièvre est encore montée.

Il me donne à boire, va me chercher une Aspirine et attend assis par terre, au pied de mon lit, que la température redevienne acceptable. Je suis soulagée de ne plus être toute seule.

Lorsque ma mère rentre, Jean-Sélim est furieux. Je les entends se disputer dans le couloir avant de sombrer dans le sommeil.

L'accident

Un autre coup de téléphone, un autre regard paniqué de ma mère. Même scène. J'ai la tête qui tourne, la respiration coupée. Mon frère n'est pas là, c'est de lui qu'il s'agit.

Parti en voyage scolaire, à la montagne.

Il est tombé à ski, s'est relevé. Il a eu mal. Hémorragie. Hospitalisation. Il a des kystes dans les reins.

Polykystose rénale, hérédité d'un père qui vient tout juste de mourir.

Tout seul dans un hôpital du nord de l'Italie, à six cents kilomètres de chez nous dans un service d'urologie où ses camarades de chambre ont en moyenne soixante-quinze ans.

Des mois, immobile. Des mois à boire des litres et des litres d'eau pour évacuer le kyste.

Il se renferme, devient taciturne.

Il sombre doucement.

Je vois bien qu'il va mal.

J'ai l'impression d'être la seule à ne pas faire comme si tout était normal, comme si tout allait bien.

Nous ne sommes pas fous puisque nous sommes deux et nous ne le deviendrons par pour la même raison.

La maladie le contraint à délaisser son rêve d'enfant. Il comprend qu'il ne sera pas pilote, lui qui trépigne depuis qu'il marche chaque fois qu'il monte dans un avion, lui qui regarde le ciel comme le lieu de tous les possibles, lui qui vénère Saint-Exupéry. Il ne sera jamais aux commandes d'un avion de chasse ou de ligne. Sa maladie l'exclut d'emblée des sélections.

À ce moment-là, alors qu'il n'a pas encore dix-sept ans, il est juste perdu. Il connaît les contraintes et les conséquences de la maladie à long terme. Il sera sous surveillance. Il devra prendre des médicaments pour maîtriser sa tension, éviter les sports de contact et les sports violents. Plus tard, aux alentours de cinquante ans, lorsque les kystes seront trop gros et si ses reins ne travaillent plus normalement, il lui faudra sans doute être sous dialyse comme notre oncle, ou encore, si les conditions le permettent, subir une greffe.

Lui qui se rêvait en aventurier tout terrain et sportif voit à ce moment-là, et dans un premier temps, son futur amputé.

Il s'apprête à quitter Rome pour faire ses études en France, bac en poche et tristesse en bandoulière.

Je reste seule dans l'appartement vide.

Seule

Lorsqu'elle se réveille, elle me sourit. Elle est heureuse de ma présence.

Elle ne se rappelle plus pourquoi je suis là. Elle croit que je viens pour voir mes amis, veut connaître mon programme, propose de m'accompagner, elle est disponible.

Enfin disponible.

Elle se redresse. Son corps, un temps si svelte, est lourd. Elle souffle, peine à remettre ses chaussures. Elle ne sait plus quelle heure il est, quel jour on est, elle ne se rappelle plus les mois, les saisons.

Ça a commencé par de petites hésitations : une date à la place d'une autre, un doute sur le prénom d'une nièce, de l'anxiété pour une fête de famille : « Tu ne t'éloigneras pas trop. »

Elle m'a fait répéter l'horaire d'un rendez-vous, la date d'un voyage. Elle a mélangé les dates de nos anniversaires, souhaité les treize ans de ma fille le jour de mes quarante-cinq ans.

Puis, elle a eu peur de se tromper, de ne pas savoir répondre, de se perdre. Elle a oublié des rendez-vous ou s'est présentée pour déjeuner chez des amis un jour où elle n'était pas attendue. Peu à peu, elle a perdu confiance, n'a plus osé prendre son téléphone avec l'assurance d'autrefois. Elle s'est faite plus discrète.

En retour, les invitations sont devenues plus rares.

Elle, qui a arpenté la planète de long en large rêve de voyages devant son ordinateur.

Je crois aussi qu'elle pleure lorsque je ne suis pas là.

Elle pleure sur ce monde devenu trop étroit.

Notre distance

Notre distance me peine. Elle s'est construite pourtant au fil de nos vies, elle a été voulue. Je la revois impératrice de notre petit cosmos, détachée de nous, captivée ailleurs.

Un temps, nous n'avons été que des personnages secondaires, « de pauvres chéris ».

Un jour, dans la cuisine, j'ai seize ou dix-sept ans, elle me dit sans penser me blesser (je le vois bien, aucune méchanceté mais un constat honnête) : « Tu sais, je n'ai jamais vraiment pensé avoir des enfants. Et puis passé trente ans, je me suis dit que c'était triste de vieillir seule. »

Nous n'étions pas malheureux. Juste un peu coupés de sa chaleur.

Elle la déployait pourtant en société. Elle était faite pour le monde, pour les rencontres, pour les combats d'idées, elle avait soif de connaître, de découvrir l'autre, surtout lorsqu'il était différent d'elle.

Mais aujourd'hui, elle me cherche. Je suis la famille qui lui reste et au fond quand il ne reste rien, il reste la famille. Elle m'appelle, ne comprend rien à mon répondeur, s'énerve, raccroche et recommence. Elle m'envoie des mails, trois, quatre par jour, parfois plusieurs fois le même. Elle se fâche d'être si loin, en veut aux autres de cette distance qu'elle a elle-même instaurée. Elle qui a quitté sa famille, son milieu protestant et bourgeois, elle qui nous a tenus à distance, nous, ses enfants cosmopolites. Et qui voudrait maintenant pouvoir s'évader encore, fuir son conjoint et cette famille romaine soudée, aimante, avec enfants et petits-enfants par alliance.

Elle voudrait, par moments, mais elle ne peut plus.

Parfois elle explose. On m'appelle. Alors je viens. Au début, plutôt pour soulager son mari.

Peu à peu, c'est pour elle que je suis venue, pour ce qu'il y avait au cœur de ses contradictions.

Je cherche à comprendre ce qui l'a poussée à sauver sa peau, à se construire un avenir sans se préoccuper de nous.

Parce que sa solitude me peine, parce qu'au fond il n'y aura jamais d'indifférence entre nous et que j'entraperçois, au bout de notre chemin commun, que je suis capable de reconnaître sa tendresse.

Parce qu'à n'en pas douter, mon père et elle se sont aimés et nous ont aimés. Elle, avec distance, méfiance, car forcément nous risquions d'entraver sa liberté.

Parce qu'aimer, pour elle et pour moi, ne passe pas par les mêmes chemins sensibles. Ce n'est pas, comme chez certains, limpide, heureux et doux, mais c'est tout de même envisageable.

Et si je lui en veux encore, je dois épuiser ma rancœur pour ne rien attendre qu'elle ne sache offrir et pour la laisser partir le moment venu avec tendresse.

Grandir

À côté, sur le bureau, dans cette pièce qui m'aimante, il y a deux photos de mon frère et moi, deux photos prises sur la terrasse. Sur l'une comme sur l'autre, nous posons, enfants puis adolescents. Souriants face à l'objectif. Même mimique, même complicité affichée, tête contre tête, bras dessus bras dessous, année après année.

Sur la première, nous sommes habillés en Afghans, mon père nous a rapporté des costumes traditionnels et je suis en train de nous verser une tasse de thé pour de faux. J'arrive parfois à embarquer mon frère dans mes jeux, « On dirait que je serais vendeuse », « On dirait que je serais maîtresse », mais le plus souvent, c'est concours de judo, parcours de billes, circuits de petites voitures, voyages spatiaux et tant qu'il reste du temps pour se raconter des histoires, ça me va.

Sur la deuxième photo, nous ne jouons plus. Nous sommes de très jeunes adultes de seize et dix-huit ans. Ce doit être l'année du bac pour Jean-Sélim. Nous n'avons pas les mêmes amis, même si parfois dans les fêtes ou au Miscellaneous, le pub où tous les jeunes des écoles étrangères de Rome se retrouvent, nos mondes se rejoignent. Il se refuse à ce que je rencontre ses copains. Ne voudrait surtout pas que je tombe amoureuse de l'un d'eux. Il est possessif, un peu jaloux. Ça me fait rire parce que ça veut dire qu'il tient à moi. Je ne fréquente pas son cercle. J'ai ma bande d'amies, nous sommes les inséparables, nous passons d'un appartement plus ou moins vide à l'autre, de fête en fête, de bande en bande. Nous voyageons l'été, sac sur le dos et pass interrail en poche, de plage en plage, de ville en ville, nous arpentons l'Europe et découvrons le monde avec allégresse et curiosité. Nous sommes des filles sans pères ou avec des pères en pointillé, élevées par des mères qui n'assument pas toujours leur monoparentalité forcée. Nous expérimentons ensemble, nous construisons des frontières approximatives, nous établissons nos propres règles.

Et puis, je tombe amoureuse d'un peintre, pensionnaire à la Villa Médicis.

Quand mon frère l'apprend, il me dit : « Mais il est vieux. » Ça ne m'atteint pas. Au contraire. J'en tire une certaine fierté. J'ai dix-sept ans et mon amoureux en a trente.

Alors il attaque à nouveau d'un misérable « J'aime pas sa peinture ». Je rigole franchement. S'il y a un domaine où il n'est pas crédible, c'est bien celui-ci.

Mon amoureux a fait les Beaux-Arts et obtenu le prix de Rome. Je trouve mon lourdaud de frère assez mal placé pour juger de son talent.

J'aime sa peinture et je l'aime lui.

Je fais l'amour pour la première fois dans l'atelier d'Ingres.

Et je me fiche de ce que mon frère peut bien penser.

Deux pas en avant

Quand je suis née, il était déjà là, deux pas en avant. Je connais l'avantage que cela représente d'arriver en second, d'avoir le temps de voir son aîné expérimenter en première ligne, vous laissant le temps de le regarder faire avant de vous lancer. Pour cela, je lui pardonne beaucoup depuis toujours.

Je lui pardonne de me faire tomber volontairement de mon berceau, de me faire punir à sa place, de me raccrocher au nez lorsque j'ai mon bac avec mention. Je lui pardonne sa possessivité comme si j'y voyais depuis toujours une fragilité qui me touche et qui est bien peu de chose à côté de sa tendresse.

J'ai quatre ou cinq ans, c'est le soir de Noël, je suis déjà couchée, je l'entends qui entre dans ma chambre à pas de loup, et chuchote « Maïa, viens ». Il me tire par le bras. Je lui dis qu'il est tard, que je veux dormir. Il insiste : « Mais on va voir le Père Noël. » Je sors de mon lit, attrape mon doudou et le suis. De là où nous sommes, cachés derrière le canapé du salon, on peut voir la crèche et le sapin sans être vus. Le temps passe. La nuit noire s'étire sans fin. Les parents dorment. Tout est silencieux. Je me frotte les yeux et lui dis : « Je suis fatiguée et j'ai froid. » Il part chercher des couvertures, installe une sorte de campement sur la moquette et me dit : « Voilà ! » Je sais qu'il va veiller. Il est décidé à ne pas fermer l'œil. Je m'endors.

À l'aube, il me réveille tout excité : « Maïïïïa, il y a du bruit, ça y est, il arrive. » Nous nous postons tous les deux à l'endroit où on voit le mieux. Nous découvrons mon père à peine sorti du lit. Il est en robe de chambre et s'apprête à déposer les cadeaux au pied de l'arbre.

Nous l'observons en silence.

Nous n'échangeons pas un mot, pas même un regard.

Notre déception est immense, mais nous n'en dirons rien.

Nous repartons nous coucher, traînant derrière nous nos couvertures.

Ma trajectoire ne croisera plus celle de mon frère, ce garçon décidé et curieux, aimant et jaloux, ce garçon drôle et délicat, doux et généreux. Nous ne vieillirons pas ensemble.

Au cœur de nos silences

Au regard des choix que mon frère a faits par la suite, je voudrais que ma mère dise qu'elle aurait dû le retenir, l'empêcher de partir, mission après mission. J'aimerais, et c'est presque sadique tant c'est douloureux, l'entendre pleurer sur la vie que nous aurions pu avoir si elle avait essayé de le dissuader. Je voudrais l'entendre dire qu'elle n'avait pas besoin qu'il soit un héros, qu'il n'avait pas besoin de sauver le monde.

Je voudrais qu'elle sente que sa sacro-sainte liberté était notre entrave, notre talon d'Achille.

J'aurais voulu qu'elle prenne la mesure du danger, qu'elle s'y oppose, qu'elle vacille.

J'aurais aimé qu'il puisse douter, hésiter parce qu'elle le lui aurait demandé.

Il n'y aurait pas ce vide, ce fossé creusé par notre incompréhension.

Ma peur qu'il lui arrive quelque chose.

Son incapacité à prendre la mesure du danger.

Car ma mère n'a jamais envisagé le danger autrement que comme une belle idée romantique.

Elle s'en est abstraite. Ma mère flotte. Danger est le mot qui permet de faire valoir le courage. Il n'est pas une menace. Il est une idée, un principe.

Jusqu'au jour, jusqu'à ce jour où il blesse ou tue.

Je la regarde, son front est plissé, son regard fermé. L'armure est coriace. Elle m'apparaît enfin comme une enfant pleine de détresse, une enfant parmi les autres, la plus à même de prendre sur elle puisqu'elle est l'aînée, une enfant de la guerre, séparée de ses parents, marquée par les absences et les disparitions, marquée par la peur et par les privations, marquée par la mort de son oncle aimé, le plus jeune, le plus drôle, mort fusillé ou gazé, on ne sait même pas.

On ne parle pas des choses qui font mal. On encaisse, on ne se plaint pas.

Quel qu'en soit le prix. Marque indélébile d'une éducation.

Partir loin, très loin.

À défaut de pleurer, on peut partir.

Mais l'héroïsme est là, dans ses veines, elle le transmet sans y toucher, elle le transmet sans même en avoir conscience.

Enfants, ce n'est pas elle qui nous parlait de la guerre. C'est notre grand-père qui le faisait. Il y revenait sans cesse, cherchant avec délicatesse mais détermination à nous mettre en garde contre la laideur du monde lorsque l'on ne défend pas la justice et la liberté, lorsque l'homme ne se met plus à la place de son voisin. C'est à mon frère qu'il s'adressait lorsqu'il parlait de l'indiscutable entrée en résistance, du combat malgré la peur, palpable tant d'années après. J'étais spectatrice, mon frère était l'Élu, celui à qui on transmet le flambeau de la conscience du monde.

Si j'avais été là

Et puis ma mère, dans le silence de son bureau, dans cette pièce où nous sommes côte à côte au milieu de ses souvenirs, répond indirectement. Alors que je pense qu'elle va me parler de mon frère, il n'en est rien. Sa voix est claire, calme. Pour la première fois, elle évoque la mort de mon père : « Si j'étais restée avec lui, j'aurais pu appeler les secours et on aurait peut-être pu le sauver. » Puis : « Si j'avais été là, il ne serait pas mort tout seul à l'autre bout du monde. »

Trop de si, trop de peut-être, trop de regrets tardifs et inutiles, mais qui formulés ainsi s'envolent et nous rapprochent, nous laissant un peu plus en paix.

Parce que son silence n'était finalement pas de l'indifférence.

Le souffle chaud du désert

Elle s'est levée, elle sort de la pièce. Elle passe beaucoup d'une pièce à l'autre, comme si elle cherchait quelque chose ou quelqu'un. Je la regarde faire. Elle appelle son mari dix fois, vingt fois, dans la journée de ce *Giorgio* sonore. Juste pour s'assurer qu'il est bien toujours là. Mon regard se pose sur une tapisserie que j'ai toujours connue chez nous. Un de ces objets qui accompagne votre enfance et qu'elle a toujours gardé avec elle. Un palmier au centre, et des hordes d'oiseaux alentour. Comme un paradis perdu. L'image d'un temps biblique. Wissa Wassef[1] me renvoie sur les bords du Nil. La chaleur, les odeurs âcres de l'eau qui stagne, les vaches maigres qui paissent le peu de végétation présente, leurs jeunes maîtres qui se chamaillent le long du canal de la route de Saqqarah où nous allions passer l'après-midi. La maison orientale de l'ami de notre père, Ali Kashef,

1. Architecte et designer égyptien qui a créé une école de tissage pour les enfants défavorisés.

sublime architecture en terre. Simple et efficace pour le climat sec et chaud d'Égypte, elle s'ouvre sur des champs à perte de vue, comme un mirage au milieu du désert.

Bonheur retrouvé pour mon père.

Alors que mes doigts caressent le fil tissé, elle sourit, s'approche, touche à son tour l'arbre puis le ciel. Elle me dit qu'elle a aimé ce temps où nous étions enfants, nos étés à Agami au bord de la Méditerranée, nos Noëls au Caire, qu'elle l'a aimé lui.

Elle dit qu'elle voudrait retourner dans ce petit cimetière du Vieux Caire où il est enterré.

Je sais que ce n'est pas anodin, car bien qu'elle soit issue d'une longue lignée de pasteurs, ou peut-être pour cela, elle n'aime pas les rituels. Elle ne se recueille pas. Elle ne prie pas. Elle se fiche des stèles et des sites commémoratifs. Mais au Caire, dans ce petit cimetière au milieu des cyprès et des orangers de la vieille ville, ce lieu de paix au cœur d'un pays plusieurs fois millénaire, c'est tellement beau qu'il ne peut pas y avoir de tristesse. Juste le sentiment de faire partie d'une histoire en cours, sans drame ni fracas.

Elle ne veut plus partir à l'assaut du monde, elle veut revenir sur ses pas, revoir des lieux aimés. L'Égypte tout d'abord.

Cette fois, c'est moi qui ai peur. Elle arrive au bout de sa vie, alors que je sais trop ce que je pourrais perdre. Je suis consciente de la folie des hommes qui tuent par bombe, à l'arme blanche, en fonçant dans la foule. J'ai peur à l'idée qu'ils puissent nous atteindre à nouveau.

C'est ainsi, je ne banalise pas. Je sais les ravages de cette folie, ce qu'elle a fait de nos vies amputées, enterré là-bas, au cœur de cet Orient devenu momentanément fou.

Je ne sais plus voyager sans peur et ne veux pas prendre le risque d'assombrir notre avenir.

Je n'ai pas ce courage-là.

J'aime imaginer ma mère dans les années 1970, elle l'Occidentale, la militante, minirobe et cheveux courts en Égypte ou le jour de leur mariage à la mairie d'Alger où ils vivent à l'époque. Le témoin de mon père, pourtant chrétien, est un leader des Frères musulmans. Ils partagent ce désir de s'affranchir du diktat des pays occidentaux, ils veulent plus de justice sociale, un monde arabe uni et fort, indépendant et respecté.

Diversité des opinions et tolérance dans leurs vies.

Nous étions chez nous

Quand elle était une jeune femme, alors que nous étions mon frère et moi des enfants, nous n'avions jamais peur, là-bas, en Orient. Nous passions la plupart de nos vacances en Égypte, nous y étions chez nous. Souvenirs qui font la nique à ces enfants d'hier, devenus aujourd'hui fous de Dieu et de misère.

C'était un pays doux où les femmes voilées étaient minoritaires, où chacun cohabitait sans blesser l'autre et où la haine n'avait pas encore déferlé dans les cœurs. C'était l'Égypte où Ali, le cuisinier, faisait sa prière cinq fois par jour en étalant son petit tapis et où les femmes se baignaient tout habillées à côté de nous qui arborions nos maillots deux pièces. Nous pouvions rire ensemble. C'était avant la brutalité, la haine et le repli.

C'était avant les larmes de mon père.

C'était avant que de jeunes hommes se portent volontaires pour faire exploser des bombes aux quatre coins du globe.

Mer infinie, sable blanc, peaux tannées. Journées rythmées par le soleil de plomb. Siestes prolongées. Longues soirées, pépins salés grillés et citronnade.

Nous passons l'été au bord de la mer près d'Alexandrie, avec mes cousines, accueillantes et chaleureuses. Année après année, on retrouve Teresina, la jeune fille au pair qui s'occupe de nous. Elle est notre rayon de soleil, notre arbre pendant deux mois, nous sommes de petits singes agrippés à elle. Teresina l'orpheline, élevée par les sœurs du Sacré-Cœur au Caire.

D'où lui vient d'être si joyeuse et si maternelle ?

Il y a des anges qui jalonnent nos vies.

Douceur de la terre de mon père, du sable chaud, de la bonté du peuple qui n'amasse pas et fait confiance à demain. Chaleur de ces amitiés qui perdurent au-delà de l'absence.

Accueil du frère parti faire sa vie ailleurs, de sa femme et de ses enfants.

Je l'imagine adulte depuis longtemps déjà, vieil étudiant de quarante ans, avec son accent chantant et ses *r* qui roulent, seul dans Paris, cheveux crépus et peau mate, passant son doctorat en agronomie, se qualifiant encore et toujours, ne laissant rien au hasard, pour participer comme il l'a prévu au programme que s'est fixé l'ONU. Il veut éradiquer la faim qu'il a vue sévir chez lui, il cherche un équilibre. Ce n'est pas un idéologue, pas un communiste, pas même un socialiste, c'est un humaniste. Un homme qui pense qu'il y a de bons et de mauvais leaders, de bons et de mauvais patrons et que chacun est maître de sa conscience.

Plus tard, Nasser parti, on lui propose de devenir ministre de l'Agriculture. Il refuse.

Il reste fidèle à la FAO, à ce qu'il peut y réaliser, incertain de son pouvoir d'agir dans son propre pays.

Pourtant il pleure lorsque Sadate meurt, de vraies larmes silencieuses qui roulent sur ses joues. Les seules que je ne lui ai jamais vues.

Je me rappelle le sentiment d'un deuil familial.

On m'a caché les images de l'assassinat et je n'ai pas pris la mesure de ce que cette mort représente pour l'Égypte et pour le Proche-Orient. Je ne mesure pas l'abîme qu'elle a créé.

Je sais si peu de choses de mon père. Je ne connais que sa tendresse. Mais je ne sais pas quel homme il était, ses idées, ses combats, ses aspirations, ses désirs. Je les devine, les idéalise, et je justifie ses contradictions.

« Raconte-moi », dis-je à ma mère.

« Je ne me rappelle pas, dit-elle. Il était d'une intelligence redoutable, calme et brillant. Je l'admirais pour cela, mais il était tellement secret. Ça le rendait insaisissable… » et elle ajoute : « Parfois je me demande si j'ai bien vécu toutes ces années avec lui. »

Pour mieux le cerner, je cherche, je lis les livres qui lui ont appartenu, les articles qu'il a écrits, je plonge dans l'histoire de son pays, je parle avec ceux qui l'ont connu pour reconstituer le puzzle.

Mais toujours il m'échappe.

Et puis un jour, je regarde les images de l'assassinat de Anouar el-Sadate, ces corps par terre, les chaises de cette tribune officielle sens dessus dessous. Et ce qui me marque, c'est la brutalité des survivants. Alors que le calme est revenu, ils n'hésitent pas à renverser des sièges sur les corps qui jonchent le sol. Alors qu'il n'y a plus de danger, ils ne viennent pas au secours de ceux qui gisent au sol et dont on ne sait s'ils sont morts ou vivants.

Je me dis que Sadate était mal entouré ; il ne pouvait pas faire confiance à ces hommes. Ceux-là mêmes qui ont repris le pouvoir après lui.

Est-ce pour cela que mon père n'est jamais vraiment rentré durablement chez lui ?

Et pourtant, je revois son sourire et le bonheur qu'il affichait dans son pays, au milieu des siens. Je me rappelle avoir pensé que c'était là, au Caire, qu'il était pleinement lui, dans cette ville qui ne dort jamais, caressée par le sable chaud et la brise du Nil.

Mes madeleines à moi, ce sont celles qu'il m'a transmises, l'odeur de *molokheya*[1] de tante Mimi et de la *kobeba*[2] de tante Jocelyne, de tante Marthe qui ne sait pas faire cuire un œuf mais laisse dans son sillage des effluves de parfum et sur nos joues des traces d'un rouge incendiaire, l'odeur de cigare

---

1. Soupe typiquement égyptienne dont l'ingrédient principal est une herbe connue sous le nom de « corète ».

2. Plat traditionnel à base de viande hachée et de boulgour.

d'oncle Raymond, les yeux noirs ourlés de khôl de tante Leila, les rencontres avec des jeunes endimanchés que nous faisons derrière l'église que fréquentent les cousines, du club de chasse où mon père retrouve ses amis et tire sur des plats qu'il rate souvent. L'Égypte, ce sont les enfants dans la rue qui me paraissent alors plus libres que pauvres, les cerfs-volants en papier journal, les ballons en carton, les grappes humaines qui débordent des bus traversant la ville, ce sont les domestiques que nous avons connus enfants et vus vieillir dans notre famille. C'est cet autre monde loin des droits sociaux et qui existe pourtant encore. Ce sont les baignades dans la piscine du Mena House au pied des pyramides alors que les adultes prennent le café au soleil, les après-midi au Gezira Sporting Club, poumon vert, havre de paix dans la cohue de la ville où on joue au foot, on se baigne, on court, on bavarde sous la tonnelle. Ce sont les Noëls chez tante Mimi et les mariages dans les grands hôtels où nous ramassons après leur passage les petites pièces dorées lancées sur les mariés pour leur souhaiter prospérité.

Été après été, à Agami, sur les bords de la Méditerranée, ma peau blanche brunit de force, bien que nous vivions au rythme du soleil. C'est lui qui dicte notre emploi du temps. Invariablement le même : baignade tôt le matin quand la plage est encore calme, repas préparé par Ali, le cuisinier, longiligne dans sa *galabeya* de coton blanc immaculé. Sieste prolongée quand le soleil se fait insupportable, baignade à nouveau, châteaux de sable et jeux de plage. Le soir, nous sommes en famille. Chacun invite les autres et nous faisons ainsi le tour des villas et des appartements des cousins et amis qui séjournent tous au même endroit, à la même période.

Nous sommes toujours nombreux et bruyants. Incroyablement bruyants comparés à ma famille française chez qui la discrétion est de mise, chez qui on parle tout bas.

Ici on parle fort, on crie, on joue, on s'invective, on rit.

Il y a les plus âgés qui restent attablés, les femmes qui s'activent en cuisine puis se retrouvent sur la terrasse, les hommes qui parlent politique et économie en buvant du whisky, les adolescents qui retrouvent leurs amis tout en veillant distraitement sur nous, les enfants, partis seuls se promener dans le village. Nous aimons ces excursions nocturnes : quadriller le quartier librement, pieds nus dans les ruelles recouvertes de sable où ne passent que quelques ânes et de rares vélos. Retrouver des copains qui friment sur leurs deux-roues, faire un tournoi de ping-pong, acheter des bonbons chez l'épicier qui reste ouvert toute la nuit.

Plus tard, l'année de mes treize ans, l'été avant la mort de mon père, mon corps refuse que je m'expose davantage au soleil. Ma peau y est devenue allergique. Elle me signifie ainsi que j'ai eu une dose suffisante pour le restant de mes jours. Trop de vacances dans des contrées ensoleillées.

Je vis depuis à l'ombre des grands arbres et me délecte de cette sensation de frais lorsqu'il fait chaud. La mer délicieuse, y plonger, faire corps, nager longtemps, comme je le faisais avec mon père. Non pas la nage indienne, mais le dos crawlé, pour pouvoir regarder le ciel. Plaisir partagé de l'eau avec mon mari et mes filles. L'été, nous devenons poissons. Nous cherchons le rythme juste comme d'autres cherchent l'accord en musique pour nager ensemble dans des mers souvent froides.

Le cercueil

Mon père est revenu au Caire dans un cercueil de plomb.

Pendant que notre mère et notre famille égyptienne étaient réunies pour accueillir sa dépouille, pendant qu'ils se rassemblaient à l'église puis au cimetière, nous n'étions pas là.

À l'heure de son enterrement, nous sommes allés, accompagnés de ma marraine, un bouquet de roses à la main, nous recueillir dans l'église de Sainte-Sabine en face de la maison.

Alors nous l'avons imaginé chez lui.

En fermant les yeux, nous avons senti la douceur des arbres, le vent du désert, l'odeur de la citronnade fraîche.

C'est ainsi que nous l'avons gardé vivant longtemps, comme dans un semi-rêve.

À l'autre bout du monde

Mon père a refusé plusieurs postes en Afrique et en Asie quand nous étions petits. Il préférait partir seul en mission, convaincu qu'il valait mieux que nous grandissions tranquillement sur notre colline. Mais lorsque le secrétaire général a pensé à lui pour installer la FAO en Chine, nous avons su que nous allions quitter Rome pour le suivre.

C'est l'hiver, en pleine année scolaire. J'ai dix ans, mon frère douze. Nous n'avons jamais vécu ailleurs que sur l'Aventin. Rien de ce que nous connaissons ne nous permet d'imaginer ce que nous allons trouver en Chine.

Mon frère a encore une fois réussi à passer la moitié du vol dans le cockpit. Il est d'un naturel enthousiaste et communicatif décuplé lorsqu'il est dans les airs.

Il vient d'assister à l'atterrissage depuis le siège d'un copilote et il est surexcité malgré les vingt heures de vol que nous venons d'effectuer.

Mon père, arrivé avant nous à Pékin pour installer les bureaux de la FAO, a obtenu l'autorisation de nous attendre à la porte de l'avion. Nous ne nous sommes pas vus depuis des mois et avons tous hâte de nous retrouver.

En sortant de l'avion, je le vois au loin et je cours vers lui pour me jeter dans ses bras. Je n'ai pas remarqué tout de suite qu'il était accompagné de représentants officiels du gouvernement chinois. Je sens leurs regards interloqués sur nous. L'étreinte ne dure pas. Mon frère, ma mère arrivent à leur tour. Ils sont avertis et se montrent moins expansifs.

Dans le taxi qui nous mène vers la ville, mon père m'explique que les Chinois ne s'embrassent pas en public, qu'il faut respecter leurs coutumes. Je suis perplexe. Je ne comprends pas bien pourquoi je devrais m'y plier. Mon père me paraît là en totale contradiction avec ce qu'il nous a toujours enseigné : la liberté de chacun à agir comme il le souhaite s'il ne porte pas préjudice à l'autre. Ces retrouvailles sous haute surveillance ne me plaisent pas du tout mais je ne veux pas gâcher la fête. Alors je me tais.

L'appartement où nous devons emménager n'est pas prêt. Nous dormons à l'hôtel où mon frère et moi partageons une chambre. Lorsque je me réveille, il est debout, de dos, fine silhouette dans la pénombre, cheveux noirs, pyjama beige, collé contre la vitre. Il est tôt, quatre heures du matin, peut-être cinq, mais nous venons de traverser la planète ; nous sommes décalés. Je me lève et m'approche, il se tourne et me dit : « Regarde. » Nous sommes maintenant deux silhouettes minuscules, collés contre la vitre, on pourrait croire qu'on vient d'atterrir sur une planète inconnue, happés par ce que nous voyons. Une ville grise, toute grise telle qu'il n'en existe pas au bord de la Méditerranée, de grandes artères rectilignes sans fin, des fumées au loin se confondent avec l'aube. À nos pieds, au bas de la tour de cet hôtel dans lequel nous avons passé notre première nuit chinoise, des milliers de cyclistes, hommes ou femmes emmitouflés dans de lourds habits matelassés, gris ou bleus, des flots de vélos dans l'aube polluée de Pékin. Nous n'avons jamais assisté à un tel spectacle. Ce nouveau pays m'effraie. Je me sens minuscule. Je prends sa main et nous attendons que nos parents qui dorment dans la chambre d'à côté se réveillent à leur tour.

Ici tout est nouveau, l'odeur, le temps, les gens. Je suis sans repères dans la Chine communiste des années 1980. Mais à cet instant, je ne suis pas seule. J'ai avec moi mon presque jumeau, mon inséparable. Nous abordons notre nouvelle vie avec nos caractères propres, il est aussi jovial que je suis renfrognée, aussi optimiste que je suis méfiante, aussi drôle que je suis réservée.

En quelques semaines, le Beijing Hotel, fleuron de l'hôtellerie de la Chine communiste, drapé rouge sur mur gris, hall d'entrée majestueux, salle à manger glaciale, couloirs sans fin, devient notre terrain d'exploration. Nous en connaissions tous les recoins et chaque membre du personnel : réceptionnistes, liftiers, femmes de chambre. Nous savons quel plat choisir et lequel éviter à tout prix. Notre première demeure chinoise se situe à quelques pas de l'immense place Tiananmen qui deviendra, quelques années plus tard, le théâtre de massacres historiques.

Lorsque nous intégrons notre appartement au dernier étage d'une tour flambant neuve dans un quartier sorti de terre pour y loger le personnel étranger, nous vivons au seizième étage. Le bureau de la FAO occupe l'ensemble du quinzième. Mon père est à quelques pas de nous, son bureau correspond, un étage plus bas, à la surface de notre salon. Nous descendons le chercher à l'heure du déjeuner, nous passons le voir en rentrant de l'école ou en partant retrouver nos copains.

Pour la première fois nous vivons ensemble sans interruption. Plus de missions aux quatre coins du monde, juste de petits voyages domestiques ou en Mongolie intérieure.

Le soir, lorsqu'il sort du travail, il monte me chercher. Je sais lorsqu'il franchit la porte de l'appartement qu'il va enlever sa veste et sa cravate, mettre un pull et un blouson, une chapka s'il fait froid puis passer la tête dans l'entrebâillement de ma chambre et me dire : « On y va ? » J'enfile mon manteau et nous voilà dans les allées de la résidence où sont rassemblées les familles des diplomates en poste à Pékin, résidence melting-pot, presque autant de nationalités que de pays sur terre. Nous quittons ensuite l'enceinte gardée dans laquelle nous vivons tous ensemble mais coupés des Chinois pour rejoindre les rues du quartier de Jian guo menwai puis les allées du parc Ritan, poumon vert le plus proche de chez nous. Mon père n'est pas sportif, mais il s'entretient et il aime marcher. Par tous les temps, nous arpentons les allées, contournons le lac, nous arrêtons pour regarder les hommes et les femmes pratiquer le tai-chi, méditer ou discuter sur les bancs, mais ce que nous aimons par-dessus tout, c'est écouter chanter les oiseaux que les Pékinois sortent en cage comme nous promenons nos chiens en laisse.

Nous menons mon frère et moi une existence heureuse, école, basket, piscine, ping-pong, soirées au club international, dimanches en famille.

Mon père est un homme d'habitudes. À Rome, nous allions manger une pizza le dimanche soir. À Pékin, nous avons écumé les quelques restaurants accessibles aux étrangers. Nous sommes las mon frère, mon père et moi, de ne pas savoir quoi choisir parmi les plats chinois. Mon père fait bonne figure dans les dîners officiels trop nombreux pour l'homme routinier et peu mondain qu'il est. Lorsque nous sommes en famille, nous nous rabattons invariablement sur les mêmes *jiaozi* et le même plat de bœuf sauté accompagné de riz blanc. Ma mère aussi aventurière en cuisine que pour le reste, toujours en quête de nouveauté, expérimente chaque fois une spécialité différente et se rabat grimaçante sur nos assiettes à la première bouchée. « Je peux t'en prendre un peu ? »

Nous en sommes aux balbutiements de l'ouverture économique voulue par Deng Xiaoping à partir de 1979. Rien ne parvient encore de l'étranger. Tout ce que nous consommons provient de Chine. La seule boisson gazeuse à laquelle nous avons droit est une horrible orangeade sirupeuse. Et nous voyons arriver avec une joie non feinte les premiers Pepsi-Cola qui préfigurent les changements économiques et l'entrée de la Chine communiste dans l'ère post-Mao Tsé-toung. On n'imagine pas notre joie à l'arrivée d'une des premières denrées ayant réussi à passer la douane : des Tic tac à l'orange.

Nous voilà donc, en ce dimanche midi, en route pour un de ces grands hôtels qui mixent cultures chinoise et occidentale en un savant et délicat mélange. On peut choisir un hamburger-frites, une salade César ou un club-sandwich. C'est un moment privilégié et joyeux. Lorsque ma mère le décide, le repas se poursuit par un opéra chinois dont nous ne comprenons pas bien les subtilités, ni les nuances d'aigus, mais qui nous fascine. Lorsque c'est mon père qui le choisit, l'après-midi se poursuit par le visionnage d'un film en VHS envoyé par nos cousins français, *La Grande Vadrouille* ou *Les Aventures de Rabbi Jacob*, avec Louis de Funès. Ma mère part alors bouquiner dans sa chambre et nous nous esclaffons tous les trois.

Elle n'est pas du genre à pouffer de rire devant un film de Gérard Oury. Elle est du genre à vous emmener voir des films russes sous-titrés en chinois à douze ans sans vraiment comprendre pourquoi ça ne vous a pas passionné.

À Pékin, elle fuit ses compatriotes. Trouve des excuses polies à leurs invitations. Elle comprend mal cette communauté française repliée sur elle-même. Elle a honte quand elle s'aperçoit que ces femmes de diplomates qui représentent son pays ne parlent aucune autre langue que la leur et n'ont aucune intention d'essayer. De son côté, elle prend des cours de chinois, a rencontré tous nos voisins et participe activement à la vie de la communauté diplomatique. Sa meilleure amie est indienne, voilée jusqu'aux orteils, mariée à un Iranien. Ma mère donne aussi des cours de français à l'ambassadeur argentin postdictature et aux enfants de l'École américaine, elle aime qu'on aille rompre le jeûne avec les Égyptiens après le ramadan ou faire un pique-nique avec nos voisins allemands aux abords des tombeaux Ming encore à l'abandon. Elle trouve à Pékin ce qu'elle aime le plus au monde : une multitude de mondes à découvrir.

L'été, je vis en rollers et parcours la ville quadrillée de pistes cyclables bien avant les villes occidentales. Nous sommes une bande de jeunes d'Afrique et d'Europe à nous retrouver tous les après-midi.

Lac gelé du Palais d'été en hiver. Immense étendue de glace sur laquelle nous nous élançons, patins aux pieds. Maladroits, inquiets lorsque la glace semble moins solide, nous nous aventurons sur cette étendue sublime.

Il fait froid, forcément très froid. Je ne sens plus mes pieds, mes orteils sont douloureux. Mes doigts sont trop engourdis pour enlever mes patins. Mon frère s'agenouille devant moi, sur la glace. Il retire mes patins, frotte fort mes pieds, l'un après l'autre, souffle dessus jusqu'à ce que les sensations reviennent.

J'ai rapporté des poussins du marché aux oiseaux de Pékin. Je ne sais pas bien comment on m'a laissée faire. Nous vivons dans un appartement avec moquette et n'avons qu'un misérable balcon. Pas un centimètre carré d'herbe. Je leur ai donc construit une sorte d'enclos à ciel ouvert au seizième étage. Mais de temps en temps, je les laisse gambader dans l'appartement.

Mes parents reçoivent ce jour-là le numéro deux de la FAO et son épouse, en déplacement officiel. C'est un Anglais bedonnant et rougeaud que mon père tient pour un incompétent notoire mais puissant (la lutte coloniale est peut-être encore de mise). Ils sont là dans notre salon autour d'un verre, à discuter aimablement quand j'entends la voix de mon père qui gronde. « Maïa, viens tout de suite chercher ta volaille ! » Mes poussins gambadent autour de la table basse, ils sont lancés dans une course-poursuite et frôlent, à chaque tour, les jambes de nos invités ; la femme pousse des petits cris et lève haut ses jambes dodues alors que ma mère tente d'attraper un des volatiles sans y parvenir. Je me lance à mon tour à leurs trousses sous le regard effaré de nos invités.

C'est une période en suspension, harmonieuse, douce, un état de grâce. Le calme avant la tempête. Une sorte de château de sable dont nous ignorons la fragilité – répétition de gestes, routine joyeuse, cette vie-là nous rend heureux.

Et puis, d'un coup de pied, tout s'effondre.

L'année scolaire se termine, nous allons prendre l'avion pour rentrer en Europe.

La petite école française de Pékin ne va pas au-delà du collège et mon frère entre en seconde.

Personne n'évoque la possibilité qu'il puisse faire sa scolarité par correspondance.

Je pourrais faire ma cinquième ici, mais personne n'envisage non plus que je puisse rester à Pékin sans mon frère. Nous avons alors quatorze et douze ans, nous partons pour la France, où nous n'avons jamais vécu. Nous ne reviendrons qu'une fois en Chine, l'été suivant, pour retrouver nos parents avant les congés annuels de notre père et notre réinstallation à Rome avec notre mère.

Pékin-Paris-Rodez

Huit mille kilomètres nous séparent de nos parents, sept cents kilomètres nous séparent mon frère et moi. Je vis à Rodez dans la famille de mon oncle que je connais à peine tant notre famille française est nombreuse et éparpillée. Mon frère est en pension à Paris, à Stanislas, chez les jésuites.

Nous passons le mois d'août en Normandie puis après un bref passage par la capitale, mon père m'accompagne à Rodez par le train de nuit. Nous arrivons le matin tôt, il reste la journée et repart le soir même pour se rendre directement à l'aéroport Charles-de-Gaulle d'où son vol pour Pékin décolle le lendemain. Je découvre la maison, le presbytère qui jouxte le temple où mon oncle pasteur officie. Ma tante et mes cousines m'attendent.

Mon père a pris rendez-vous avec la principale du collège où je vais être scolarisée ; le collège Joseph-Fabre. Je passe d'une classe de six enfants à Pékin à une classe de trente élèves dans un collège-usine, dix classes par niveau.

Cette dame n'est pas habituée à rencontrer les parents des enfants inscrits. Mon père, costume-cravate, a besoin de savoir à qui il a affaire avant de repartir à l'autre bout du monde. Il se présente, puis l'interroge sur le projet d'établissement… Je vois bien que ces deux mondes ne se connaissent pas. Je m'enfonce dans ma chaise pendant que la femme, perdue derrière son grand bureau, balbutie quelques explications.

J'ai un peu honte de son côté ministre, de sa confiance en lui. Rien d'arrogant pourtant, juste de l'assurance. Et le sentiment net qu'il va falloir s'habituer encore à un tout autre environnement.

Nous nous promenons dans la ville, entrons dans la cathédrale, flânons dans les ruelles puis il dîne avec nous et règle les questions pratiques de mon installation. Derniers instants avant de le raccompagner à la gare. J'ai le cœur serré, là, sur le quai de la gare. À cet instant, je doute, j'ai peur. Mais à mon retour, mes cousines ont installé quatre matelas dans le salon. La boule d'anxiété se dissipe. Je comprends que je ne pouvais pas mieux tomber.

Pour mon frère, c'est une tout autre musique. Il est convenu qu'il sera interne. Il ne le reste que quatre jours, fuyant le pensionnat jésuite, rampant devant la loge pour ne pas être vu par le gardien.

C'est ma mère qui s'occupe de son installation. Elle sent bien qu'il est malheureux dans cet univers étriqué, à mille lieues du multiculturalisme qu'il connaît. Elle transige sur le pensionnat, passe quelques coups de fil. Il sera finalement accueilli par son parrain, mais continuera sa scolarité à Stanislas.

Bien plus tard, elle me raconte la séparation, le jour où elle repart pour la Chine : « Pauvre chéri, il courait en pleurant derrière le car Air France qui m'emmenait à l'aéroport. »

Il doit beaucoup intellectuellement à la confrontation avec cette France bigote, raciste, bourgeoise et blanche qu'il découvre douloureusement. Il subit pour la première fois de son existence le racisme, qu'il ne connaît pas, ni envers lui, ni envers les autres. Il se met à suivre les sondages, analyse les pourcentages de la montée du FN, étudie les courbes. Paris devient un laboratoire politique. Il ne l'aime pas. Il essaie de comprendre.

Tous les dimanches soir, il m'appelle. C'est notre rendez-vous. J'entends souvent sa voix flancher, lui à qui on a confié la lourde tâche de prendre soin de nous deux. Il prévoit nos vacances et c'est ce qui lui permet de tenir. Il se projette dans l'avenir pour échapper à son environnement, s'occupe des billets de train ou d'avion, me tient informée du planning. Je le laisse faire.

À chacune des vacances scolaires, je prends le sacro-saint train de nuit et arrive à l'aube sur le quai de la gare d'Austerlitz. Mon frère m'attend, silhouette encore frêle mais décidée au bout du quai.

Nous marchons dans l'aube de la ville froide. Nous errons au gré du programme qu'il a préparé et de nos envies. Nous sommes bien, nous avons devant nous une journée à flâner pour aller au cinéma, traîner dans les rayons des magasins, manger un sandwich sur les quais de la Seine. Nous retrouvons ensuite tante Leila, l'Égyptienne, ou Aline, la Française.

Nos parents à l'autre bout du monde, notre famille nombreuse, attentionnée, prend le relais. Nous dormons sur le canapé de tante Leila Porte Maillot, dans la chaleur orientale de son petit appartement, nous goûtons avec elle chez Angelina, discutons des heures entières de nos vies, de la sienne, de l'Égypte et de sa jeunesse. Puis nous prenons le train et retrouvons Aline, ma marraine qui nous embarque dans son break pour des vacances sur son île du Morbihan.

Des anges gardiens dans nos vies.

La dolce vita

Il est tard, j'ai plongé dans un passé lointain et j'ai besoin de prendre l'air. Roberta a fait irruption dans le salon, bras grands ouverts et voix qui porte : « Alors, on y va, ma poulette ? »

Ma mère et Giorgio sont toujours heureux de voir mes amis. Ils l'invitent à s'asseoir, l'abreuvent de questions, veulent qu'elle revienne les voir. Elle promet, elle viendra prendre le café quand elle passera dans le quartier. Mais c'est devenu rare. Quand son père, Angelo, est mort, sa famille a quitté l'appartement.

Nous nous levons pour sortir. Ma mère s'inquiète de savoir si j'ai bien pris les clés et à quelle heure je vais rentrer.

Comme si j'avais enfin quinze ans à ses yeux.

Roberta conduit comme une dingue, ce qui ne me rassure pas : je sais que sa vue est approximative. Elle a tendance à saluer par de grands gestes des gens dont elle se rend compte *a posteriori* qu'elle ne les connaît pas. J'y suis habituée, alors je la pince : « T'es bien sûre, le mec, là, que tu le connais, parce que lui, il n'a pas l'air de savoir qui tu es ? » Elle : « Ah, bon ? » Alors elle s'approche et en effet, elle se rend compte qu'elle ne le connaît pas, elle s'excuse, dit qu'elle n'a pas ses lunettes et se fait un copain. Ça, c'est Roberta. Elle est revenue à Rome après vingt ans de mariage en Allemagne et n'a plus l'intention de bouger de sa ville. Elle a eu sa dose. Ce soir-là, on danse beaucoup, elle me présente sa dernière conquête. Depuis son retour, elle les enchaîne et pour l'instant je n'ai pas vu deux fois le même.

On rigole, on se parle au bar ou sur la piste, on n'a pas besoin de se connaître, on n'est pas méfiant. J'ai oublié combien j'aimais cette simplicité des rapports. Je replonge dans notre vie d'avant, si lointaine, douce sensation, atmosphère bon enfant que dégage encore aujourd'hui la nuit romaine.

Le jardin des orangers

Je suis rentrée tard et me suis endormie vite. En pleine nuit, je suis réveillée par une dispute. Mon beau-père, le souffle court, crie qu'il est fatigué, qu'il a besoin de se reposer la nuit et qu'elle ne peut pas le réveiller à tout bout de champ. Elle insiste, répond qu'elle doit absolument acheter ce cadeau pour l'anniversaire d'Elena. Elle a tellement peur d'oublier qu'elle le lui rappelle même la nuit.

Je comprends que la dispute est partie de là. Alors qu'il lui dit que c'est déjà fait, elle lui tient tête, elle affirme qu'elle n'a pas encore acheté ce cadeau, qu'il faut qu'il l'accompagne. Il lui répète, précis, qu'ils ont passé deux heures dans une boutique du Testaccio pour choisir un parfum.

« Pff, n'importe quoi, je le saurais si je l'avais fait », rétorque-t-elle.

« Ça suffit » ; il ne veut plus en parler, il veut dormir maintenant.

Il est délicat. Il ne lui dit pas que le problème est justement là : non, elle ne sait plus.

Le matin, alors que nous sommes attablés devant le petit déjeuner et que le cadeau joliment empaqueté est posé à côté de nous, je tente de la raisonner : pourquoi ne veut-elle pas le croire, pourquoi lui mentirait-il ? Qu'aurait-il à y gagner ?

Elle ne répond rien, son regard fixe sa tasse de thé au lait, puis elle relève la tête vers moi et s'obstine : « Je t'assure Maïa, ce n'est pas moi qui ai acheté ce cadeau. »

J'abdique.

Je lui propose de faire quelques pas jusqu'au belvédère du jardin des orangers, notre parc, celui où elle a rencontré Marra, a promené nos landaus de bébé, nous a emmenés lorsque nous étions trop petits pour traverser la rue tout seuls.

Je lui montre le banc où nous fêtions les anniversaires. En général quatre à la fois, celui de nos amis d'enfance, David et Olivier, de mon frère et le mien. Nous sommes tous nés entre mai et juillet. C'est à cette période-là qu'on invite les amis et qu'on installe sur le banc les boissons et le gâteau au chocolat. On sort les sacs de jute, les œufs, les ballons. On ne s'amuse pas plus que d'habitude, mais on marque le coup. Notre jardin et notre enfance ont un goût de paradis.

De la terrasse du belvédère, Rome s'étend à nos pieds, ma mère se penche légèrement, elle parle à voix basse, presque dans un murmure : « J'aime le bleu du ciel, l'odeur des pins parasols, le son des cloches qui sonnent et de l'agitation de la ville qui remonte. » Elle s'arrête, ses yeux bleus brillent, ses yeux qui, comme les mers du Nord, changent de couleur en fonction du ciel : « Je crois que j'ai choisi de rester vivre ici pour cette façon qu'ont les Romains de tourner en dérision ce qu'il y a de plus grave, de plus essentiel, te rappelant toujours élégamment que tu ne fais que passer comme l'ont fait d'autres avant eux et comme le feront d'autres après toi. » Puis alors que son regard embrasse la ville, elle ajoute : « Nous faisons partie d'une longue chaîne humaine, d'un peuple immense qui vit les mêmes histoires. »

Les choix de Jean-Sélim

Jean-Sélim a d'abord pensé faire médecine. Le jour de l'annonce des résultats du bac, nous finissons la soirée sur la terrasse de notre immeuble. Profs et anciens élèves sont là pour fêter l'événement. Je l'entends discuter assis dans un coin avec un prof de maths qu'il aime beaucoup et dont je sais que l'avis compte. C'est un homme doux qui vit avec une enfant handicapée. Je ne sais pas ce qu'ils se disent ce soir-là mais le lendemain, au petit déjeuner, Jean-Sélim annonce de façon péremptoire qu'il ne fera pas médecine, que cela pourrait le rendre distant, moins humain. La discussion est close. Je ne comprends rien au raisonnement qui est le sien mais il est décidé. Il s'inscrit dans une petite école de commerce franco-américaine à Paris dont je ne comprends pas bien en quoi elle va lui ouvrir les portes de l'humanisme auquel il aspire. Mais le fait est qu'il s'y sent à l'aise, en confiance pour apprendre, assez brillant pour finir en trois ans ce qu'il est supposé faire en quatre.

Il a vingt et un ans lorsque, son diplôme en poche, il se présente devant les recruteurs de l'ONG Action contre la Faim. Pas question pour lui d'évoquer cette maladie héréditaire dont il a déjà souffert mais pour laquelle il est bien suivi à l'hôpital Necker et qui devrait, statistiquement parlant, le laisser en paix pendant les trente prochaines années.

Trop contents de cette recrue et sans trop poser de questions quant à son jeune âge, ils l'envoient aussitôt comme logisticien dans l'enfer de Mogadiscio.

Je comprends alors seulement où il voulait en venir ce jour de juin où quelques années plus tôt, il avait décidé de ne pas faire médecine.

Première mission avant d'autres qui s'enchaîneront, notamment en Bosnie.

Le regard de mon frère

Sur son étagère, ma mère garde précieusement le livre qu'a écrit mon frère, sa version française, avec en couverture son beau visage, émacié, pensif. Il a alors vingt-deux ans, il porte un gilet pare-balles et se trouve à l'intérieur d'un char blindé, au cœur de la Bosnie en guerre. Il travaille pour Médecins du Monde et revient après avoir ravitaillé un hôpital sous les tirs ennemis. Plus tard, il me racontera les enfants malades qu'on ne peut plus dialyser et dont on sait qu'ils vont mourir. À cet instant, sur ce cliché, il porte ce fardeau qu'aucun homme ne devrait avoir à porter, la mort d'enfants rendue inéluctable par la folie des hommes. Ce regard de mon frère, c'est celui de l'innocence perdue.

Notre appartement

À Rome, depuis notre départ, notre mère s'est installée chez Giorgio. Notre appartement a été rendu à son propriétaire. Nos affaires ont été données ou remisées dans des cartons. Notre mobylette a été vendue. Nous dormons dans une chambre d'amis. Il n'y a plus l'intimité de l'appartement partagé. Une autre est à recréer et il faut du temps pour cela. Ma mère, que nous pressons pour avoir un chez-nous, décide d'acheter un petit appartement à Paris avec l'argent que notre père, prévoyant, nous a légué en prenant une assurance vie. C'est un petit appartement près de la place de la Nation, où nous avons rassemblé nos affaires et que nous partageons Jean-Sélim et moi lorsqu'il revient de missions.

À son retour, alors qu'il vient de passer les derniers mois en Bosnie, il va mal. Il lutte contre la noirceur, parle peu car les mots ne viennent pas. Il nage tous les jours et marche longtemps dans la ville. Souvent je l'accompagne en fin de journée quand je rentre de la fac, souvent nous marchons tard le soir. Nous arpentons en silence les rues de Paris, nous éloignant toujours un peu plus de chez nous. Nous sommes en mouvement, c'est ce dont il a besoin.

Un pas après l'autre, l'angoisse s'apaise, s'épuise.

Mari Girgis

Je propose à mon frère de faire ce voyage que nous repoussons depuis longtemps et de passer Noël en famille au Caire. Dix ans se sont écoulés depuis notre dernier séjour.

Il accepte. Il a vingt-quatre ans, moi vingt-deux.

Neuf ans depuis la mort de notre père, neuf ans pour se bercer encore du temps de notre enfance alors que nous devenons adultes, neuf ans pour aller voir sa tombe et accepter son absence.

J'essaie d'y mettre de l'enthousiasme, d'être légère. Il n'y arrive pas malgré l'hospitalité égyptienne et la joie des retrouvailles. Nous habitons dans un petit appartement que ma tante garde pour la famille. L'immeuble est abandonné jusqu'au huitième étage. L'appartement se situe au neuvième ; l'ascenseur n'a pas dû voir un technicien depuis les années 1950. Nous hésitons à chaque fois entre les bestioles errantes que nous risquons de rencontrer dans les escaliers et le frisson garanti que nous procure l'ascenseur.

Nous sommes en sueur à l'arrivée quel que soit notre choix.

Nous sommes les deux enfants que nous avons laissés derrière nous neuf ans auparavant. Jean-Sélim sort peu. Il a peur, le moindre bruit le fait sursauter. Il est constamment sur le qui-vive et à la fois si lointain. Stress post-traumatique, diront les médecins par la suite, lorsqu'il consultera. On ne ressort pas indemne d'un pays en guerre.

Je me promène, je cherche à retrouver les odeurs, les couleurs de la ville avant de décider qu'il est temps d'y aller.

Je pars armée d'un courage que je sais nécessaire et un bouquet de roses à la main. Je prends le métro comme me l'a conseillé ma tante, et descends à la station Mari-Girgis. Le silence et le calme me surprennent alors que la ville grouille de bruits et d'agitation. Un âne traîne une charrue, un vendeur de pain *baladi* est assis à même le sol, aucune voiture à l'horizon. Le Vieux Caire est un ensemble de ruelles calmes, de maisons et d'églises dont les plus anciennes datent du VIIe siècle, une sorte de monde clos où les siècles paraissent se succéder hors du temps.

Peu à peu, le calme m'envahit, je suis les indications de ma tante, tourne à droite et marche jusqu'au bout de la ruelle aux confins de la vieille ville, je longe un muret qui mène à l'entrée du cimetière, à l'extrémité du quartier. Des enfants jouent avec un chiot devant la maison du gardien. Me voyant, ils appellent leur père. Je me présente avec les quelques mots d'arabe que je connais. Il me fait signe de le suivre. J'avance au milieu des tombes, des cyprès et des orangers. Il s'arrête et m'indique du doigt une pierre tombale avant de s'éclipser.

J'y suis. Deux noms, celui de mon père et celui de mon oncle, côte à côte.

Le gardien revient avec une chaise qu'il me tend.

Il sait que cela peut prendre du temps.

De retour à la maison, je souris. Je dis à mon frère de ne rien craindre. L'éternité de notre père ressemble à ce que nous sommes : du sable, du vent, le chant des oiseaux, les cloches des églises, l'appel du muezzin et les arbres pour se protéger du soleil, à l'ombre de l'éternité des hommes.

Parfois, c'est lui qui me donne du courage.

Parfois, c'est moi.

Le lendemain matin, il me suit dans le métro, mains dans les poches, regard ombrageux, ses pieds traînent derrière moi. Je m'arrête devant la tombe. J'ai rapporté deux pots de bougainvilliers que je veux planter.

Alors que je jardine accroupie devant la stèle, il s'avance.

Des larmes coulent en silence sur son visage.

Chacun son champ de bataille

À chaque fois que mon frère part en mission, nous prenons le RER jusqu'à Roissy. Embrassades, recommandations de l'un et de l'autre, petit signe de la main, boule au ventre. Pendant ses absences, je me méfie du téléphone. Je prends une grande inspiration avant de répondre ou d'écouter le répondeur.

Au cœur de la Bosnie, Jean-Sélim assiste à une guerre fratricide, une guerre qui oblige à choisir son camp et renvoie chacun à une seule et unique identité. Un non-sens. Toutes les guerres sont nationalistes, identitaires et s'opposent à ce que nous sommes viscéralement.

Celle-ci est toute proche, elle fait rage à moins de deux heures d'avion. Jean-Sélim se porte volontaire comme logisticien pour ravitailler les populations, organiser les soins, apporter ce dont le conflit prive les habitants, les aider à survivre.

Au lieu de détourner la tête, il affronte la folie des hommes sur les champs de bataille, lutte à sa façon contre l'indifférence.

Et ce qu'il voit laisse des traces.

C'est de cela qu'il ne peut pas parler.

Les retours sont difficiles, le dialogue impossible.

Les silences deviennent plus profonds, plus graves, et c'est le signe que le virus le gagne.

Car son existence prend tout son sens sur le terrain.

À peine revenu, il ne pense qu'à repartir.

À ce moment-là, je crois qu'il nous déteste, nous qui éludons l'horreur pour continuer à mener tranquillement nos petites existences.

De mon côté, je mène un combat intérieur, une sorte de guerre « pour vivre » dans laquelle, dans un premier temps, je ne fais que perdre, assaillie par des angoisses paralysantes et une peur panique qui me fait m'évanouir délicieusement.

Seul instant de répit.

Je veux disparaître, mais je ne suis pas assez courageuse ou altruiste pour me sacrifier. J'ai vingt ans et je vais mal. Je ne veux pas mourir, je veux dormir, je voudrais, comme la Belle au bois dormant, dormir cent ans. Peut-être qu'ensuite, quand je me réveillerai, je saurai vivre. Pour l'instant, j'ai des plaques sur le corps, je ne mange plus, je n'ai plus mes règles. Je ne me suis pas piquée avec un fuseau mais je crois que j'ai le sida, que mon sang est contaminé. Je n'y peux rien, je n'ai de forces pour rien. Je me laisse couler. Je voudrais que d'un coup de baguette magique, mes peurs disparaissent, mon appétit revienne. Je voudrais une maison, de la chaleur, de l'attention. Je repense aux anges gardiens qui sillonnent nos vies et j'appelle ma marraine, ma bonne fée qui veille sur mon berceau, qui conjure le mauvais sort, qui me prend dans ses bras, prépare ma valise et m'installe chez elle.

Ma marraine qui cherche des solutions, prend des décisions, m'emmène chez le médecin, me prépare à manger et comme Teresina, comme Angelo, me ramène à la vie.

Ensuite, seulement ensuite, je redeviens capable de m'occuper de moi.

Nous avons subi les séquelles de notre sortie brutale de l'enfance.

Nous apprenons à devenir adultes sans filet, sans douceur, nous apprenons, côte à côte, chacun dans la vie qu'il se dessine, malgré la solitude, sans renoncer à son idéal d'un monde plus juste pour lui, et avec pour seul et unique objectif, pour moi, que celui d'être heureuse.

Modestes et immenses défis.

Le retour

En rentrant de Bosnie, Jean-Sélim nous fait croire qu'il va consacrer son temps libre à préparer sa candidature pour un master dans une dizaine d'universités américaines. Il est supposé remplir des dossiers. Il doit avoir vingt-quatre ou vingt-cinq ans. En réalité, il est épuisé, il broie du noir et cherche les ressources pour repartir. Puis, dans un éclair de lucidité, allant chercher au fond de lui l'énergie nécessaire, il postule juste avant la date butoir pour les deux meilleures facultés dans le domaine qui l'intéresse, un master en politiques publiques. C'est un effort surhumain, vu son état.

Quelques semaines plus tard, il est pris à Yale et à Harvard et choisit la deuxième.

Je souris tant cela lui ressemble. Il a tracé son chemin à sa manière, exigeante et humaine, sans esquiver les moments d'abattement et capable de remonter la pente et de se remettre en marche.

C'est ce qui le rend si bon dans ce qu'il fait.

Harvard

Deux années sur le campus, loin des conflits, lui font du bien.

Nous sommes venues pour la remise des diplômes, ma mère et moi.

Nous sommes là tous les trois, heureux. Il fait beau. C'est la fête sur le campus de l'université de Harvard à Cambridge, près de Boston. Chacun des diplômés en toge et en coiffe est appelé à monter sur l'estrade pour recevoir son diplôme.

Jean-Sélim a son sourire de contentement, un sourire d'enfant qui ne sait pas cacher sa fierté, et que j'aime tant.

Il n'a pas le triomphe modeste. À force de se convaincre que ce que l'on fait est bien, on perd forcément un peu en modestie.

Et la modestie est la vertu suprême pour notre mère, tout comme la simplicité. Question d'éducation. Des vertus désincarnées, des vertus de principe qui empêchent de réfléchir, de se remettre en question, d'avancer, de se congratuler sur le chemin parcouru, sur notre capacité à progresser.

Je sais que Jean-Sélim attend l'approbation de notre mère mais je vois qu'il a gagné en confiance, qu'il n'a plus ce sentiment gardé longtemps chevillé au corps que ce n'est pas assez bien.

Il est fier et elle l'est avec lui.

Avec nous, il y a Laila, l'amie, la confidente de mon frère. Ils ont passé ces deux années ensemble sur le campus.

Durant leur séjour, Laila a perdu sa mère et il a été à ses côtés. Il a été là, aidant, car mon frère sait faire face à la peine. Jamais il ne se défile.

Comme nous, c'est une famille de trois, Laila, son frère et son père.

Et le père de Laila emporte tout le monde avec lui. Il dit sa fierté et sa joie. C'est un moment de fête pour cet homme aussi chaleureux qu'élégant, venu de Tanzanie pour célébrer le succès de sa fille. Il les embrasse, les congratule. Il intègre Jean-Sélim, et nous avec lui, à sa famille.

Alors que l'alcool est interdit, il a prévu un stock de bouteilles de champagne, cachées sous notre table. Nous en abusons comme des gamins et abreuvons tous ceux qui veulent trinquer pour de vrai.

L'après-guerre

Une fois la guerre terminée et après deux ans passés aux États-Unis, Jean-Sélim se rend au siège de l'ONU à New York. Il veut retourner en Bosnie pour participer à la reconstruction du pays. Il est convaincant.

Une fois installé à Bihac, je reçois un appel : « Tu peux venir, maintenant. »

Dans sa bouche, ce n'est pas vraiment une proposition, ça ne se discute pas.

Je comprends qu'il veut que je voie, que je sache ce qu'ils ont vécu là-bas, à moins de deux heures d'avion de Paris. Il a besoin que je comprenne ses silences.

Il m'attend à l'aéroport de Zagreb. Il a pris une journée de congé pour venir me chercher.

On ne sait pas, chez nous, ce que fait la guerre. On ne sait pas les ruines.

Non pas les vestiges anciens comme lorsque nous jouions enfants à Ostia Antica, mais les traces palpables, récentes, la guerre encore toute chaude, les murs criblés de balles, les maisons éventrées, les paysages interdits, les inscriptions sur les murs, les zones délimitées par les uns et par les autres, les enclaves serbes, les enclaves croates, le territoire fragmenté.

Les silences quand on passe, la haine dans les regards, les crachats à vos pieds, les échoppes qui se ferment.

Je ne connais rien de tout cela, de ce malaise, de cette tension.

Nous arrivons à Bihac tard le soir. Je rencontre Laura, ma future belle-sœur, pour la première fois. Accueil chaleureux. Nous parlons tard dans la nuit, de mon frère parti se coucher, de leur rencontre non pas en pleine guerre, mais pendant la reconstruction, comme un symbole.

Le lendemain, nous repartons à l'aube lui et moi pour Sarajevo, où il a des réunions de travail.

Sur le bord de la route, je vois des hommes casqués, vêtus de combinaisons blanches, allongés dans la terre. Il se dégage d'eux une concentration absolue. Je ne comprends pas ce qu'ils font là. Jean-Sélim ralentit pour m'expliquer. Les démineurs arpentent le pays, à plat ventre, centimètre carré par centimètre carré, ils rampent pour désactiver les mines, pour qu'on puisse à nouveau se promener, respirer le bon air sans risquer de perdre une jambe, ou les deux.

Tout à coup, je visualise l'espace interdit et l'enfermement qu'il représente.

Je demande à mon frère s'il y a des endroits où il peut courir, faire une randonnée ou pique-niquer le dimanche. « Non, c'est trop dangereux », dit-il. Alors il cultive son jardin et lorsque la tension accumulée est trop grande, l'atmosphère trop lourde, lui et Laura ont la chance de pouvoir prendre le volant pour aller faire une pause sur la côte croate.

Sarajevo

La ville que je découvre grouille de monde et d'activités. Les cafés, restaurants, magasins à la mode feraient presque oublier les immeubles que nous venons de longer sur Sniper Alley – cette grande avenue prise pour cible, pendant la guerre, par les tireurs d'élite depuis les montagnes –, l'hôpital en lambeaux, le Parlement en ruine et la bibliothèque calcinée.

Les habitants ont repris le cours de leur vie, ils sont assoiffés de tout ce dont ils ont été privés pendant le siège. Cafés et restaurants sont bondés. Il fait beau, l'air est printanier. J'ai du temps devant moi, et je musarde en attendant mon frère.

Le soir, nous dormons chez Armin et Tamara, un couple d'amis.

Armin est un collègue bosniaque, un traducteur que Jean-Sélim a rencontré pendant la guerre. Avant le début du siège, c'était un jeune chanteur lyrique qui s'apprêtait à donner son premier récital au Théâtre national de Sarajevo. Mais la guerre s'en est mêlée. Le siège a débuté la veille de la première, stoppant ses espoirs, annihilant ses rêves d'opéra. Armin est entré en résistance pour sa survie et celle des siens.

Pendant cette soirée, je découvre la guerre d'Armin, la guerre de Sarajevo, celle qu'il a vécue avec sa mère, depuis leur appartement de Sniper Alley, n'occupant plus que les pièces tournant le dos aux montagnes où sont embusqués les snipers qui visent les gens dans leurs salons autant que dans la rue.

En France, c'est la fête du beaujolais nouveau. Un de leurs collègues français se joint à nous pour arroser ça. Drôle de soirée, mélange de vin rouge et de rakija. Nous sommes bien éméchés et, tard dans la nuit, résonnent en moi les récits de ces trois années de faim, de peur, ces trois années qu'ils ont passées, oubliés du monde, reconnaissant envers ceux, bien rares, qui bravaient le danger pour venir jusqu'à eux.

Tamara, douce et effacée, est restée silencieuse. Elle est à moitié slovène et avant que la guerre n'éclate, elle est partie retrouver sa famille à Ljubljana.

Trois années pendant lesquelles ils ont été séparés de force, trois années qui, malgré leur amour, les séparent encore aujourd'hui.

Sur la route du retour, Jean-Sélim conduit vite toujours le même 4 × 4 blanc estampillé UN. Les routes sont sinueuses, elles traversent des montagnes. Je n'ai pas remarqué le 4 × 4 derrière nous mais dès que la route le lui permet, le conducteur nous double et nous bloque le passage. Mon frère pile net et me dit sans même me regarder : « Tu ne bouges pas, tu ne dis rien. »

Le type se déploie en sortant de sa voiture. Il me paraît immense, hypercostaud dans son treillis militaire.

Son regard est mauvais ; une balafre sur son arcade sourcilière n'arrange rien. Il se plante devant nous. Sa voix est menaçante. Je ne comprends rien à ce qu'il dit. Une femme blonde sort comme une furie de la voiture. À son tour, elle nous aboie dessus, puis s'approche de la vitre de mon frère et lui dit en anglais : « *Go back home, we don't want you here. This is our country, not yours.* »

Jean-Sélim leur répond en serbo-croate mais sa voix est sourde, je le sens mal assuré. Il tente de calmer le jeu.

Nous sommes à leur merci.

Le couple nous invective encore puis l'homme donne un grand coup de pied dans le pneu de notre véhicule avant de faire volte-face et de remonter dans sa voiture. Il démarre en trombe.

Nous restons longtemps immobiles l'un et l'autre.

L'après-guerre est compliqué. Si les décisions politiques ont arrêté les combats, les rancœurs sont toujours là.

Durables et douloureuses.

Se souvenir

Je suis descendue de la colline pour acheter un carnet rouge à feuilles blanches pour que ma mère puisse se souvenir, écrire son programme chaque jour sans interroger Giorgio parfois à bout. Je lui explique qu'elle peut noter au petit déjeuner ce qu'elle a prévu de faire, ses rendez-vous, qu'il lui faut un peu de rigueur pour garder de l'autonomie et se sentir libre.

Elle s'en fout. Elle n'a rien envie de changer.

Je pense à Jean-Sélim et à son sens pratique. Souvent je me demande ce qu'il ferait à ma place. Souvent aussi quand je suis lasse et que je m'énerve, elle me lance : « Jean-Sélim, lui, il en rirait. »

Un coup de poignard, tant je voudrais qu'il en soit ainsi.

Alors je cherche vite comment nous rassembler pour ne pas sombrer. Parler de lui, rire ensemble. Je nous remémore une anecdote. Nous sommes de passage à Rome pour un week-end. Il est avec sa future femme, Laura, et moi avec Fabrice, mon amoureux. Jean-Sélim a loué une voiture à l'aéroport. Ma mère et Giorgio arrivent avec eux au restaurant où nous devons nous retrouver.

Le déjeuner est jovial. Jean-Sélim imite les supporters de foot de l'équipe adverse à la sienne, ceux de la Lazio. Il les caricature à merveille, enthousiastes et benêts, avec un accent romain irrésistible.

Le repas se termine et nous nous dirigeons vers la voiture.

Ma mère et Giorgio ont à cette époque un chien, un grand et beau chien pure race supposé accompagner mon beau-père à la chasse. Cette pauvre bête qui n'a jamais chassé autre chose que des papillons porte le nom de… Dick (« pénis » en anglais), ça ne s'invente pas et je ne comprends pas bien ce qui leur a pris.

Ce pauvre Dick, idiot, gentil et magnifique, qui par ailleurs mourra étouffé en jouant avec une balle, est resté ce jour-là dans la belle voiture de location de Jean-Sélim. Pas le modèle de base, mais la berline qui en jette, sièges en cuir, tableau de bord ultrasophistiqué.

Lorsque, après le repas, on sort du restaurant et on approche de la voiture, on comprend vite que quelque chose ne va pas. Les vitres sont marronnasses. Le chien tourne et retourne dans l'habitacle trop petit. Il a été malade, une diarrhée épouvantable dont il a tartiné toute la voiture, sièges, vitres, sol inclus.

C'est une infection. Ça pue là-dedans. Personne n'ose s'approcher. Le chien est trop heureux de nous voir et nous saute dessus, reconnaissant de cette libération.

Jean-Sélim est livide et il faut l'imaginer, lui sur son trente-et-un, si fier de sa berline, devant ce spectacle de désolation absolue…

L'un de nous propose d'aller acheter le matériel nécessaire au nettoyage. On ne peut pas entrer là-dedans. Il faut agir vite. Il peste, furieux. On a renvoyé ma mère et Giorgio à pied avec leur chien. Et nous voilà tous les quatre à nettoyer sa merde.

Malgré les désodorisants appliqués en doses industrielles et les fenêtres laissées ouvertes durant vingt-quatre heures, l'odeur reste imprégnée jusqu'à ce que mon frère rapporte penaud sa voiture à l'agence de location.

Nous rions ma mère et moi en repensant à la tête de mon frère au milieu de ce désastre.

Moment suspendu, moment de répit avant qu'on ne revienne à aujourd'hui.

Elle a déjà prévu et annulé son départ pour Paris un nombre de fois incalculable depuis mon arrivée. Elle change d'avis constamment, dit tout et son contraire dix fois dans la même journée. Plus aucun plan ne tient. On vit au jour le jour et pourtant elle exige qu'on organise des vacances, un voyage, une sortie. Nous nous exécutons tout en sachant que les probabilités sont fortes pour que tout tombe à l'eau le moment venu. Dans ces moments-là, je pense souvent à cette maison de retraite dans le nord de la France qui a aménagé une salle de gare avec un guichet pour que les pensionnaires puissent avoir l'illusion de voyager. Partir, elle en rêve, résiste, se braque, mais n'y arrive plus. Elle a besoin de son calme et de sa tranquillité, d'être avec son mari, de lui tenir la main. Et puis de ses souvenirs, auxquels elle se raccroche, dernière bouée, rempart contre l'inconnu.

« Tout me semble si lointain, si irréel. Tout se dépeuple autour de moi », me dit-elle.

J'essaie d'imaginer à quoi ressemble ce dépeuplement.

Que reste-t-il ?

Pour combien de temps ?

Adultes

Nous avons vingt-quatre et vingt-six ans. Nous sommes assis côte à côte, dans un TGV qui nous mène de Paris vers le Sud où nous allons retrouver notre famille française réunie pour fêter le mariage d'une cousine. Nous ne ressemblons plus aux enfants que nous étions ce triste jour de novembre. Mon frère n'est plus ce garçon frêle. Ses épaules sont larges, il est grand, beau et solide. Je ne suis plus cette jeune fille perdue et je ne suis plus en colère, je ne veux plus dormir.

Je veux bien vivre maintenant.

Nous, les combattants de notre nouveau monde, nous avons traversé tempêtes et champs de bataille, nous avons affronté monstres et dragons.

Nous ne sommes plus ce que nous étions. Nous sommes autres et c'est grâce à nous, ensemble, parce que nous avons été vaillants, décidés, solidaires.

Nous sommes là tous les deux, à regarder le paysage défiler. Il me parle de Laura et je sens bien qu'il l'aime, que ce n'est pas une nouvelle conquête passagère, qu'il s'inscrit avec elle dans le temps. Je lui parle de mon homme et aucune critique ne vient se poser sur ses lèvres. Il sourit.

Et puis, nous évoquons notre cousine et le mariage en général. Il trouve que c'est un engagement si grand. Je ne suis pas d'accord. C'est la vie, il faut aussi prendre le risque d'aimer, ne pas en avoir peur et j'ajoute : « Si ça ne va pas, on se quitte. On y a cru, on s'est aimés mais on ne va pas se pourrir la vie. » Je me rappelle son silence et cette phrase à laquelle je ne m'attends pas : « Oui, mais toi tu es si sûre, si sûre de toi. » Je le regarde interloquée, je pense vraiment avoir mal compris, mais non. Je réalise alors que c'est comme ça qu'il me voit. Moi qui doute tant et tout le temps, moi qui suis incapable de choisir un film, une table au restaurant, une robe pendant les soldes.

Je suis sûre de peu de choses, mais lorsque je suis convaincue, le doute n'existe plus, il disparaît, et cela me rend invincible.

Nous avons eu tant besoin de la certitude de l'autre, de l'indéfectible confiance en l'autre, que celles-là nous ont portés, aidés, construits et à cet instant, nous savons que nos vies se séparent. Nous sommes capables d'aimer et de construire, parce que nous avons été la mère, le père, le frère et la sœur l'un de l'autre, que nous n'avons jamais douté de ce lien.

Au terme de la bataille, nous les anciens combattants de notre nouveau monde, nous sommes assez confiants pour décider d'aimer, de nous marier et pour imaginer avoir des enfants.

Rêve d'enfant

L'appartement que nous avions partagé à Paris est en vente. J'emménage avec mon amoureux et Jean-Sélim ne vient plus que pour de courts séjours. Il travaille au siège de l'ONU à New York. Nous nous retrouvons lors d'un de ses passages pour trier ce qui est accumulé dans la cave. Des cartons s'entassent sur les étagères. Diapos, photos, lettres souvenirs, collection de petites figurines chinoises que j'ai rapportées et maquettes d'avion en tous genres qu'il a patiemment assemblées pendant toute son enfance et son adolescence. Nous chargeons tout dans la petite voiture de location. Nous partons déposer ce barda dans la maison familiale en Normandie et y passerons le week-end.

D'un tout petit carton mal fermé glisse un objet que Jean-Sélim rattrape. Surpris, il me dit : « C'est la montre de papa. » Celle qu'il portait tous les jours, une belle montre ronde en acier qu'il faut remonter tous les soirs. Il me la tend et rigole : « Je n'avais jamais fait attention à la marque. »

Je la prends, la mets à mon poignet pour voir l'effet que ça fait et je ris à mon tour.

C'est une Eterna.

Nous avons pour faire le voyage une série de disques aussi kitsch que variés dont nous seuls avons le secret. Alors qu'il s'engage sur l'A13, il me dit : « Demain matin, faut que tu sois prête à neuf heures. » Je râle : « Pour une fois qu'on peut dormir… » « Où veux-tu qu'on aille ? »

Il prend son air mystérieux pour me dire : « Tu verras bien. »

Et nous voilà le lendemain, roulant vers un endroit qu'il a gardé secret. Alors qu'on arrive au bout d'un chemin de terre, entre deux champs, j'entraperçois une grande piste et un hangar. Nous nous garons, sortons de la voiture et marchons vers l'abri. C'est alors que je comprends. Il s'agit d'un aérodrome. Je le regarde incrédule. Il sourit de toutes ses dents. Je recule, je le toise pour m'assurer que je ne me trompe pas. Il avance en riant vers un petit avion parqué là.

Il ne m'a rien dit mais il prend des cours de pilotage et a passé son brevet. Et à défaut de devenir pilote, le voilà aux commandes de ce petit coucou. Je suis très loin d'être rassurée. Je tremble alors que l'avion décolle. Mais nous voilà surplombant ces falaises que nous aimons tant.

Et c'est magique.

Le 11 septembre 2001

Ce jour-là de septembre, je suis avec ma collègue et amie Nathalie dans notre bureau de la rue de Nantes, dans le 19e arrondissement, une ancienne serrurerie avec une grande baie vitrée qui donne sur la rue et fait de notre bureau le plus fréquenté du quartier. Les voisins passent nous rendre visite à toute heure de la journée, le photographe du bout de la rue vient prendre un café, les garagistes d'en face veillent et s'assurent que les petits gars de la cité ne soient pas trop tapageurs lorsqu'ils s'attardent sur le trottoir, la vieille gérante de l'épicerie d'à côté qui, malgré ses quatre-vingt-quinze ans et sa cécité, refuse de quitter sa boutique pourtant infestée de souris, les enfants enfin pour qui nous sommes fournisseuses officielles de feuilles blanches et ponctuellement aides aux devoirs.

Nous travaillons à l'élaboration d'un festival pluridisciplinaire qui aura lieu bientôt dans une dizaine de lieux parisiens. Le projet, intitulé « Itinéraires afghans », vise à mettre en lumière la richesse des différents domaines artistiques d'un pays déchiré par des guerres qui n'en finissent pas depuis plus de vingt ans, l'Afghanistan.

Mais ce matin-là, nous sommes abattues : le commandant Massoud a été victime deux jours plus tôt d'un attentat attribué à Al-Qaeda et en cette matinée du 11 septembre, on ne sait pas encore qu'il a succombé à ses blessures.

Nous décidons donc de nous rendre avenue Raphaël pour dire notre inquiétude et manifester notre amitié à Merabudin M., son représentant en France.

Nous traversons la ville et nous garons pour rejoindre l'ambassade d'Afghanistan qui sert de représentation à la résistance du commandant Massoud. Du haut de ses montagnes du Pandjchir, il lutte contre les talibans installés à Kaboul et dans une grande partie du pays.

C'est Merabudin en personne qui nous accueille. Il est dans un état d'agitation que nous ne lui connaissons pas. Il se passe quelque chose de grave. Il nous presse de monter dans son bureau.

Nous gravissons quatre à quatre les grandes marches de cette belle bâtisse à l'abandon depuis 1980, au cœur du 16e arrondissement. La délégation non officielle a à peine de quoi s'éclairer et se chauffer en hiver. Nous entrons dans le bureau de « l'ambassadeur » où quelques hommes et femmes sont rassemblés, les yeux rivés sur un poste de télévision. On assiste alors à cette scène apocalyptique restée gravée dans toutes les mémoires. Ces deux avions qui percutent à quelques minutes d'intervalle et de plein fouet les tours jumelles dans le ciel de Manhattan.

Nous restons quelques minutes silencieux, hébétés, puis très vite, je fais le calcul dans ma tête. C'est l'heure où Jean-Sélim se rend au bureau. Je ne connais pas assez New York pour savoir s'il est en danger. Je bondis et m'éloigne pour tenter de le joindre.

Sa ligne sonne dans le vide mais très vite, je reçois un message. Il est sain et sauf.

Dernier dîner

Je suis enceinte. Ma belle-sœur aussi. L'Irak vient d'être envahi par les Américains et Saddam Hussein se terre dans un trou. Jean-Sélim et sa femme sont à Paris. Nous dînons ensemble dans une trattoria hors de prix et prétentieuse. Tout m'irrite ce soir-là, le match de foot à la télé, mon frère absent, impatient de finir le repas pour aller poster la lettre qu'il a écrite à Kofi Annan, alors secrétaire général de l'ONU, dans laquelle il demande à être envoyé en Irak. Je ne veux pas être témoin de ce non-moment. Je voudrais qu'on soit là ensemble pour de bon, qu'il ne soit pas en train de prévoir son prochain départ, alors que nous nous voyons rarement et que nos vies sont belles. Je voudrais savourer le chemin parcouru, je voudrais passer une bonne soirée avec mon frère. Alors, je me lève, m'approche de lui et lui glisse à l'oreille que l'Irak peut attendre. Je l'embrasse et m'éloigne.

Genève

Avant de partir en Irak une première fois, il m'appelle de Genève, inquiet de laisser sa femme seule à ce stade de la grossesse : il me fait promettre d'aller moi et mon gros ventre lui tenir compagnie pendant son absence.

Je découvre là-bas la maison qu'ils ont choisie pour accueillir leur fils, le havre qu'il a construit pour commencer leur vie de famille, je m'émerveille devant la vue qu'offre le mont Blanc depuis leur salon et en descendant dans le jardin, je comprends à quel point toutes ces années de guerre ont donné à mon frère le goût des belles et bonnes choses. Il y a planté des tomates, des salades, des courgettes, de la roquette, mille herbes aromatiques et des dahlias de toutes les couleurs.

Je découvre un peu mieux la femme, solide, confiante et entreprenante, qu'il a choisie pour compagne.

Un pays occupé

Mais ce havre ne l'a pas empêché de partir, enthousiaste comme toujours, soucieux de ne pas laisser l'Irak sous le joug de l'occupant, convaincu du rôle que peut jouer l'ONU dans cette phase qu'il espère être une transition pour le pays ; gardant en mémoire le meilleur de ce que l'Organisation peut accomplir parfois dans le processus de constitution d'un gouvernement souverain, comme au Timor oriental, ou au Kosovo.

Mais l'Irak est un pays occupé et « mal occupé » par la coalition américaine et britannique, un occupant qui a passé outre les décisions du Conseil de sécurité des Nations unies pour envahir le pays, un occupant arrogant, ignorant, prêt à se servir de l'Organisation pour tenter d'asseoir une légitimité factice.

À Bagdad, Jean-Sélim assiste à la destruction de toutes les infrastructures nécessaires pour régir un pays, dictature ou pas, à la démolition de tout ce que le régime de Saddam Hussein a mis sur pied, le bon et le mauvais sans aucun discernement, jetant à la rue et dans la misère tout le personnel qualifié dans des domaines aussi indispensables que la santé, l'éducation, l'ingénierie civile, domaines dans lesquels les Irakiens excellent.

Là-bas, Jean-Sélim assiste au passage de la dictature au chaos.

La mission

Mon frère et ses collègues se sentent bien impuissants face à la coalition qui a fait en sorte de bâillonner l'Organisation en votant une résolution ne leur attribuant aucun pouvoir ni marge de manœuvre. Alors ils tentent de s'inventer une mission, un rôle : rencontrer les différentes communautés, les différents leaders, les aider à s'organiser pour être force de proposition, voire d'opposition.

Puis Jean-Sélim témoigne, comme il le fait toujours en mission. Raconter ce à quoi il assiste : les pillages, les humiliations, les démonstrations de force de l'armée américaine.

Car quand on ne peut pas agir, on peut encore, en dernier recours, témoigner.

Mais le temps leur est compté, lui et les autres fonctionnaires de l'ONU sont pris dans un étau, entre un occupant très insatisfait de leur indépendance de vue et le mécontentement du peuple qui gronde et qui souvent les assimile à la puissance occupante.

C'est dans ce contexte de tension croissante, inquiet tant l'insécurité devient pandémique dans la ville, qu'il rentre à Genève pour la naissance de son fils.

La naissance

Coup de fil tardif. Je sais que c'est lui et que je peux répondre sans crainte. Je me lève alors que Fabrice dort à côté de moi. Je me love dans le fauteuil douillet de notre deux-pièces sous les toits. Je savoure dans le silence de la nuit le récit de la naissance. Je l'écoute s'émerveiller de chacun des instants qu'il vient de vivre, de sa femme dont il admire la bravoure, de son fils qui déjà ouvre grands les yeux, regard vif, corps tendu, de ses bras qui l'accueillent, du nom qu'ils lui ont donné et qui raisonne comme le sien, comme celui de notre père et de notre grand-père avant lui.

Il est heureux, tellement heureux, pleinement heureux.

Trois semaines de bonheur.

Le cri

Alors que ma mère cherche dans le tiroir de son secrétaire les coordonnées de son assurance maladie pour que j'envoie ses feuilles de remboursements médicaux, elle se tourne vers moi, une enveloppe en papier kraft à la main. « Ce sont les mails et les lettres de Jean-Sélim », me dit-elle.

Mon frère et ma mère ont eu un échange épistolaire riche, ils avaient les mêmes engagements, les mêmes idées et partageaient leurs questionnements, leurs pensées souvent par écrit. Ils aimaient réfléchir sur le monde ensemble.

Avec les lettres se trouve, sur un cordon en cuir, une croix de vie égyptienne. Je la regarde interloquée.

Elle s'assied, prend le bijou dans ses mains. Elle le fait glisser entre ses beaux doigts longs et anguleux, lentement, longtemps, puis commence : « Jean-Sélim me l'a donnée lors de mon voyage à Genève pour la naissance de Mattia-Sélim » et de continuer : « C'était juste avant que je ne reparte, il m'avait accompagnée à la gare. Nous étions sur le quai. Il m'a prise dans ses bras, m'a soulevée du sol avant de me reposer par terre et de m'ébouriffer les cheveux comme il le faisait souvent. Puis, alors que je montais dans le train, il est revenu jusqu'à moi comme après une décision subite et m'a confié cette croix. »

Ma mère a changé d'expression, son visage est sombre. Elle reprend son souffle et continue : « Je me suis installée à ma place et au lieu de repartir, ton frère est resté là sur le quai à attendre le départ du train. » La voix de ma mère s'est cassée, elle tremble.

« Au moment où le train s'est mis en marche, j'ai entendu un cri, un cri déchirant. Il a appelé *maman* comme on appelle au secours. »

Repartir

Quelques jours après, il doit se donner du courage pour laisser sa femme et son bébé et repartir en Irak. Se dire que c'est juste pour un temps, avant d'être ensemble, comme mon père avant lui repartant en Chine.

Dernier regard, dernier signe de la main.

Il part pour « faire le boulot, comme toujours », dit-il, « répondre présent, raviver les couleurs des Nations unies que cette coalition arrogante et de plus en plus incapable a traînées dans la boue et l'humiliation, pour que l'ONU reprenne la place qui est la sienne ».

Il part comme d'autres avant et après lui, parce qu'il faut bien que notre humanité demeure, qu'elle résiste à la cupidité, aux intérêts particuliers.

Il faut bien que certains réaffirment que nous sommes concernés par nos voisins, proches ou lointains.

L'éternité

Ce sont les sensations qui vous restent. Et l'écho du monde.

L'avant, ou plutôt ce qui va devenir l'avant, devient palpable, aussi précis que si vous l'aviez vécu hier. C'est un sentiment que chacun a pu expérimenter et qui parfois se renouvelle, cette sensation de paradis perdu, même s'il n'y avait pas vraiment de paradis.

La brutalité vous le fait ressentir puissamment comme tel.

C'est l'été. Il fait chaud. Nous avons quitté Paris pour la Normandie où l'herbe est toujours verte et la mer toujours froide.

Vaste prairie, odeur des prés, immensité des hêtres qui entourent notre maison de famille, bruit du vent dans les feuilles et ondulation des branches. Pieds nus sur le sol froid, fraîcheur de la nuit qui est juste agréable alors que partout ailleurs l'air reste chaud et lourd, bain de mer à vingt-trois degrés, du jamais vu chez nous où les dix-huit degrés l'été sont la norme.

Tout est doux et heureux, temps suspendu, à l'arrêt.

Pourtant c'est l'été où Marie Trintignant est tuée par son compagnon.

C'est l'été de la canicule.

Conseils répétés pour que les personnes âgées n'oublient pas de s'hydrater, que le voisinage prenne soin de ceux qui sont isolés.

Il y a beaucoup de morts cet été-là.

Pénurie de cercueils, disent-ils à la télé.

Mais tout cela ne nous concerne que de loin. Nous prenons la route pour la Bretagne, arrêts fréquents, pas d'urgence, pause émerveillée à Saint-Malo. J'aime les villes qui se racontent sans même qu'on ait à plonger le nez dans un guide. J'aime imaginer toutes les vies qui l'ont traversée, j'aime m'y fondre, prolonger l'humanité avec ma petite histoire qui y participe. À cet instant, sur la face de la Terre, nous vivons pleinement, nous sommes là pour une bonne raison, nous tenir par la main et regarder le ciel.

Et puis l'été avance, mon gros ventre pousse, émergeant de l'eau pour se dorer au soleil. Sieste dans la cabane, baisers salés et mouillés. Odeur de nos corps mêlés.

L'éternité de ma mémoire est là.

Ce jour-là

Je dors l'après-midi. Une mouche d'abord, je l'entends au loin, puis plus près, elle me dérange, se pose sur mon visage, me tourne autour, je la chasse de la main, mais elle revient, je m'enfouis sous le drap, mais elle tourne et achève de me réveiller.

Le téléphone sonne, ma tante d'Égypte, anxieuse. Je ne comprends pas bien ce qu'elle me dit. J'émerge. Elle est inquiète, veut savoir où est Jean-Sélim. Je la rassure. Par habitude.

Je suis rodée aux crises d'inquiétude. Habituée à rassurer les uns et les autres. J'ai appris à vivre avec un frère en zone de guerre. J'ai dompté ma peur au fil du temps.

Mais cet été-là, c'est autre chose. Cet été-là, je nous crois immortels. Nous sommes adultes. Nous devenons parents. Nous ne pouvons pas mourir, pas encore, pas maintenant.

Notre vie ne fait que commencer.

Fabrice, parti faire des courses, appelle. Il me met en garde, me dit qu'il est arrivé quelque chose au siège des Nations unies à Bagdad. Qu'il revient, qu'il ne faut pas que j'allume la radio, qu'on ne sait rien pour l'instant.

Quelque chose se froisse à l'intérieur de moi.

Une information après l'autre, bribe après bribe, l'immortalité s'effrite. Je reste calme, je tapis ma peur, je la tiens à distance pour qu'elle n'affleure pas, ne m'assaille pas.

J'appelle ma mère, ma belle-sœur.

Personne ne sait.

Le téléphone ne sonne pas.

Silencieux. Cette fois tellement silencieux.

Pourtant Jean-Sélim ne nous a jamais laissés sans nouvelles lorsqu'il y avait lieu de s'inquiéter. En Somalie, après avoir été pris en otage quelques heures, il appelle. Le 11 septembre 2001, alors qu'il se rend au travail et qu'il voit les tours s'effondrer, il trouve le moyen de nous rassurer.

Les heures s'étirent et n'en finissent pas, le ciel est bleu, subitement trop bleu, le soleil trop éclatant, la mer scintille et m'aveugle. Mon monde vacille. Fabrice tente de me convaincre qu'il y a une bonne raison à ce silence : Jean-Sélim vient en aide aux victimes, il est trop occupé pour appeler. Ou alors peut-être est-il blessé et a-t-il été transporté.

Nous marchons ensemble longtemps ce jour-là pour tenter d'épuiser l'angoisse de l'attente, pour garder l'espoir, pour que ces minutes et ces heures interminables deviennent supportables.

Tous les scénarios sont échafaudés, sauf un, le seul qu'on ne puisse pas vraiment se formuler, le seul contre lequel on ne cesse de lutter pour qu'il ne surgisse pas. Mais je sais que ces heures qui passent nous éloignent de l'espoir ténu mais encore là qu'il soit vivant.

Ces heures qui servent parfois pour se préparer au pire.

Puis la nuit tombe, j'étouffe dans la maison. J'erre comme une âme en peine dans le jardin jusqu'à ce qu'enfin, tard ce soir-là, le téléphone sonne.

C'est ma belle-sœur qui, son nouveau-né dans les bras, a accueilli un fonctionnaire venu sonner à sa porte comme le font les militaires dans l'armée.

Au téléphone, elle a juste dit : « C'est fini. »

Qu'il revienne

Je m'active pour ne pas m'effondrer, je m'active comme pour tromper sa mort.

Pas de fable possible pour cette mort-là, pas d'île déserte imaginaire pour l'éluder.

Projetée dans une dimension à laquelle je n'ai pas envie de faire face. Pas encore, pas complètement.

Nous sommes unanimes, ma mère, Laura et moi, il faut qu'il revienne au plus vite, qu'on ne le laisse pas là-bas, loin de nous, anonyme parmi tant d'autres.

Mon cerveau se refuse à analyser le fait que c'est trop tard.

Son retour n'y changera rien.

Tout est chaotique dans nos cœurs, c'est l'Irak en pleine tourmente.

Alors je deviens très méthodique.

Les autorités refusent de le laisser partir sans une preuve de son identité. Ils demandent pour cela une radio des dents de mon frère. Et me voilà arpentant de long en large le jardin de notre paradis de vacances, cherchant dans ma mémoire les dentistes que nous avons fréquentés à Rome et à Paris. J'appelle comme dans un mauvais rêve les secrétariats désertés en plein mois d'août, suppliant les rares secrétaires sur lesquelles je tombe d'aller chercher dans leurs archives un panoramique dentaire de mon frère.

La mort est triviale.

Là-bas

Jean-Sélim est mort au cœur de la déflagration, trop proche de son épicentre pour que l'impact ne lui laisse la moindre chance de survie. Au moment de l'explosion, il est en train de montrer des photos de son fils à son collègue comme on le fait lorsqu'on revient travailler après la naissance de son enfant.

Ceux qui ont survécu racontent que ce jour-là il se promène sourire aux lèvres et photos à la main.

Quelques minutes après l'explosion, Carolina, épargnée parce que son bureau donne à l'arrière du bâtiment, entre dans la pièce. Elle ne comprend pas encore ce qui vient de se produire. Elle est sonnée, abasourdie par l'impact, éblouie par la lumière qui entre violemment au travers des décombres puisque le mur s'est effondré, laissant entrer un soleil de plomb. Elle navigue à tâtons dans un nuage de plâtre quand elle les voit.

Jean-Sélim et Rick arrêtés en pleine vie.

Comme les morts de Pompéi.

Alors seulement, elle comprend.

La nuit

La nuit de sa mort, dans mon sommeil, je fais cette expérience qui reste aujourd'hui encore très précise en moi. Ni tristesse, ni angoisse. Une autre dimension du corps et de l'esprit sur laquelle ma volonté n'agit pas. Mon corps raide, paralysé. Je ne lutte pas, je sais que ça ne sert à rien. On ne lutte pas contre la mort quand elle vient.

Fabrice comprend intuitivement qu'il se passe quelque chose.

C'est lui qui m'aide à revenir, c'est lui qui me ramène à la vie.

Saint-Julien-le-Pauvre

La sage-femme que je suis allée voir avec de fortes contractions m'a demandé de choisir. Pas d'accueil du cercueil de Jean-Sélim à l'aéroport de Paris par où son corps va transiter, pas de voyage au Caire pour son enterrement. Mais je ne veux pas être privée de cet adieu, pas encore une fois, pas à nouveau. Je garde mes forces pour la cérémonie.

C'est là, dans l'église de Saint-Julien-le-Pauvre, que je lui dirai au revoir une dernière fois.

Dans notre église, celle des chrétiens d'Orient, celle de nos baptêmes respectifs.

Celle où nous nous retrouvions chaque fois que nous étions tous les deux à Paris le jour de l'anniversaire de la mort de notre père et où, un an auparavant, il m'avait donné rendez-vous.

Il était de passage pour la sortie de son livre qui témoignait de ses combats et sur lequel il avait travaillé les derniers mois alors qu'il était comme un lion en cage en poste au siège de l'ONU à New York. J'étais allé rechercher dans les cartons la documentation nécessaire à son écriture : les cassettes audio sur lesquelles il enregistrait jour après jour son vécu de mission, les lettres et les albums photos. J'en avais suivi l'évolution et les questionnements, recevant bribe par bribe des pans du manuscrit.

Ce jour-là, nous avions marché jusqu'au café. C'était une belle journée de novembre.

Je le revois penché sur la page de garde pour m'écrire la plus douce des dédicaces.

Laura arrive avec son tout jeune fils dans les bras, je ne connais pas encore mon neveu et ce n'est pas dans ces circonstances que je le connaîtrai. Sa famille l'accompagne. Nous sommes nombreux, très nombreux en cette fin août. Mes cousins, oncles et tantes, nos amis, les siens, les leurs, les nôtres et puis des gens que je ne connais pas, venus rendre hommage à la seule victime française morte dans le premier attentat perpétré contre les Nations unies, un attentat terriblement meurtrier puisqu'il a fait vingt-deux morts et des centaines de blessés, un attentat qui a durablement fragilisé l'ONU et modifié les consignes de sécurité concernant l'accès à ses antennes à travers le monde, comme à la FAO à Rome.

Je suis debout dans un angle, au premier rang, Fabrice, derrière moi, m'enlace et me soutient. Je tiens ma fille, mes deux mains posées sous mon ventre.

Lorsque le prêtre commence, je comprends que j'aurais dû me méfier lorsqu'il nous a reçus quelques jours auparavant. Nous lui avions apporté le livre de Jean-Sélim. Nous avions tenté, ma mère, Fabrice et moi de partager avec lui quelque chose de mon frère. J'avais alors interprété sa distance comme une forme de pudeur, de retenue liée à sa fonction. Je comprends que son attitude révèle quelque chose de plus sournois dont je ne sais pas, encore aujourd'hui, s'il s'agit d'un désintérêt profond ou d'un désaccord. Comme d'autres dans le monde arabe, peut-être désapprouve-il l'action de l'ONU dont Jean-Sélim devient le représentant *post mortem*.

Il psalmodie des litanies qui n'ont aucun sens, aucun rapport avec mon frère, la personne qu'il a été, le fils, l'ami, le mari, le frère, le militant, l'être humain qui a habité cette terre. Régulièrement, il dit et redit que mon frère s'est « endormi » pour parler de sa mort. Cette phrase vient se fracasser contre moi, j'ai envie de hurler, de le frapper, de lui dire de se taire, qu'il n'est pas digne de lui, qu'il devrait avoir honte, que mon frère ne s'est pas « endormi » mais a été atomisé à l'âge de trente-trois ans, comme vingt et un de ses collègues, par une bombe, qu'il a été assassiné par des hommes qui ont prémédité et organisé cet attentat pendant des semaines, évalué sa faisabilité, préparé la charge explosive pour qu'elle fasse le plus de victimes possible, calculé la force de son impact, trouvé un camion-citerne pour la transporter et enfin recruté un jeune kamikaze pour aller accomplir cet assassinat et devenir ainsi un martyr de cette cause pleine de haine.

Mais aucun son ne sort de ma bouche. Rien. J'assiste à cette grande mascarade contre laquelle je ne peux pas lutter, pas la force, pas l'endroit, pas le moment. Une cousine tente de se lever pour jouer un morceau de violoncelle. Il la rabroue ; Bernard Kouchner, dont Jean-Sélim était proche, se lève pour dire un mot. Pareil.

Notre adieu nous est volé.

Mon oncle, pasteur, celui chez qui j'ai vécu, arrive à se frayer un chemin jusqu'au pupitre.

Un peu d'humanité, un peu de notre peine dans ce moment de délire.

Puis ma mère se lève, elle se dirige vers son cercueil, elle fait face à l'assistance rassemblée, tête haute, regard droit.

Sa force m'impressionne. Elle regarde l'assistance, la main posée sur le cercueil de Jean-Sélim, sa voix est ferme, déterminée. Dans son discours d'adieu, elle accuse les Américains, responsables de la division de nos mondes, du non-respect des règles internationales indispensables pour maintenir la paix et construire un monde plus juste. Elle les accuse d'avoir créé le chaos et engendré la haine qui a tué son fils. Elle n'en veut pas au jeune Égyptien qui s'est fait sauter tuant avec lui Jean-Sélim et ses collègues, elle en veut aux puissants, elle en veut aux cupides, aux cyniques, aux diviseurs. Elle en veut à ceux pour qui l'argent et la domination l'emportent sur les hommes. Car pour ma mère, on peut mourir pour le peuple, pour la liberté, pour une cause, pas pour le profit.

L'héroïsme est à ce prix.

Pour l'instant, sa colère lui permet de se tenir droite. La tristesse et le désespoir viendront plus tard, dans l'intimité.

Lorsqu'elle a terminé, des employés des pompes funèbres s'approchent pour emporter le cercueil. La panique s'empare de moi, j'implore Fabrice de faire quelque chose. J'ai besoin d'un moment pour toucher son cercueil, pour murmurer ma tendresse avant qu'on ne l'emporte. Je m'approche, Laura est venue déposer les petits chaussons de leur fils sur le cercueil.

Je pose ma main sur le métal froid que recouvre le drapeau de l'ONU, notre drapeau, bleu et blanc, représentant le monde encerclé par un rameau d'olivier, symbole de paix. Ce beau drapeau qui recouvrait le passeport de notre père, celui qui correspondait à nos identités multiples, le seul en lequel nous nous reconnaissions. Celui enfin pour lequel il a donné sa vie.

Et je lui dis tout bas, pour qu'il soit le seul à l'entendre dans cette église bondée, parce que c'est entre lui et moi, et que je n'aurai pas d'autre moment avant qu'il ne soit en terre, je lui dis que jusqu'à mon dernier souffle, je vivrai pour nous deux, qu'il sera avec moi à chaque moment de ma vie, que ceux qui me connaîtront le connaîtront aussi et que mes enfants grandiront avec lui.

Le jour d'après

Le jour d'après et ceux qui ont suivi, je me suis demandé comment j'allais surmonter ça. Je n'avais pas la réponse. Chacun connaît sa construction propre, ce qui compte dans sa vie.

Ce sont des grands mots mais il ne faut pas présager de ses forces. Rien ne sert de se mentir, la mort n'est pas toujours spectaculaire, mais elle peut s'immiscer dans le quotidien aussi férocement qu'une hyène s'accroche à sa proie, sans vous laisser de répit.

Notre fratrie était excessive, indispensablement excessive. Nous avions été le point d'équilibre l'un de l'autre.

Mais nos points d'équilibre avaient fini par changer. Nous avions construit notre vie hors de la sphère de l'autre. Nous l'avions façonnée peu à peu, affirmée au fil du temps.

Ma vie ressemble à celle que j'avais espérée.

La sienne s'est arrêtée en une fraction de seconde, remisant tous ses rêves et ses aspirations et laissant sa jeune femme seule pour élever et voir grandir leur fils.

Leur vie à eux est tout autre.

Elle ne ressemble pas non plus à celle que nous avons vécue, ma mère, mon frère et moi, après la disparition de notre père. Elle est différente car Laura, contrairement à ma mère, construit le quotidien de son fils en y inscrivant Jean-Sélim.

Nour

Avec la mort de Jean-Sélim, je ne me suis pas rendu compte tout de suite que mon enfant à venir était passée au second plan. C'est elle qui s'est manifestée, elle a voulu naître. Nous avons donc entamé nos premières négociations. Je lui ai demandé d'attendre, malgré ma tristesse contre laquelle ni moi ni elle ne pouvions rien. Je lui ai dit que c'était ainsi, qu'on ne choisissait pas, que parfois on ne pouvait pas se protéger. Qu'elle la subissait malgré moi, cette tristesse, et que je ne pouvais même pas m'en excuser parce que c'était la vie et que je n'allais pas non plus faire semblant. Je lui ai demandé de comprendre toutes ces choses si tôt... Qu'il fallait qu'elle reste au chaud, que ma peine n'avait rien à voir avec elle, avec l'amour que je lui portais déjà, qu'il fallait qu'elle me laisse le temps d'enterrer Jean-Sélim avant de l'accueillir. Pour que tout ne se confonde pas et qu'elle naisse alors que nous serions prêts, elle, son père et moi. Et c'est ce qu'elle a fait.

La sage-femme nous avait dit qu'elle pourrait venir au monde sans risque de prématurité excessive le premier jour de la trente-sixième semaine.

Nos négociations ont porté leurs fruits. Nour est née ce jour-là, très exactement. Une semaine après l'enterrement de mon frère.

Je suis pleinement là, vivante comme je ne l'ai jamais été. Chaque microparticule de mon corps est en éveil. Je m'apprête à accueillir la vie qui vient avec une conscience aiguë de ce qu'elle a de merveilleux, de sacré. J'ai le sentiment d'être une femme des cavernes, primitive, d'appartenir à une longue chaîne que nous formons, nous l'humanité, depuis la nuit des temps.

Nour hurle et se débat comme une lionne alors que la puéricultrice essaie de l'habiller. Elle vient de vivre trois semaines enfermée dans la tristesse.

Elle aspire à la vie, à l'air libre. Elle est ainsi. À deux ans, sur le petit siège installé sur le guidon de son papa, alors qu'ils traversent Paris, elle hurle les bras ouverts, le vent dans la figure : « LIBERTÉ ! »

Je leur dois à eux, et à nos filles Lila et Naëlle venues ensuite, la belle vie que nous avons ensemble.

Derniers voyages

Au fil du temps, j'ai appris à faire avec la part de protection de ma mère et accepter son revers, qui comporte une dose de destruction. Elle sera toujours là entre nous, mais je ne lui en veux plus.

Elle a été sa meilleure arme pour affronter les tragédies de sa vie. Ma mère a fait comme elle a pu, avec sa propre histoire et sa propre construction. Je peux enfin l'aimer comme elle l'a toujours souhaité, c'est-à-dire avec assez de distance pour ne pas l'encombrer et sans en souffrir.

Nous nous promenons dans Rome et allons déjeuner dans le ghetto au soleil.

Une femme, keffieh autour du cou, vient nous demander quelques pièces alors que nous sommes attablées dans un restaurant casher. Puis le serveur, un Égyptien, se met à discuter avec nous. Nous sommes surprises de voir ce jeune Cairote nous vanter les spécialités de la cuisine romaine juive. Il me semble que ce serait improbable à Paris.

Racisme et antisémitisme ont, semble-t-il, du mal à percer dans le ghetto, plus qu'au gouvernement italien.

Sur le retour, alors que je conduis le long du Tibre, fenêtres ouvertes et douceur du vent, elle dit abruptement, sans que je m'y attende, qu'elle veut que ses cendres restent ici, qu'on pose sa petite urne « toute simple » et peu encombrante sur une étagère, dans un cimetière tout proche. Je l'écoute, elle est espiègle, elle sourit pour me parler de ses cendres comme seule ma mère sait le faire. Elle continue : « Tu vois, comme ça, de temps en temps, mes petits-enfants feront une petite virée pour me rendre visite. » Je souris. Elle n'a pas peur. Elle aime imaginer les voyages que nos enfants entreprendront pour rendre visite à notre famille cosmopolite décimée.

Elle aime les imaginer en mouvement.

Les photos

Alors que je m'apprête à quitter son antre, ce lieu qui concentre son monde, mon regard balaie à nouveau la pièce et s'arrête enfin sur une photo que je me suis longtemps refusée à regarder. C'est une des dernières photos de mon frère. Il tient son fils tout contre lui. Tous deux sont de profil et regardent dans la même direction.

Moi qui jusque-là n'ai gardé de lui que des photos d'enfance, parce que c'est un temps révolu, une histoire heureuse dont il est sorti vivant. Moi qui n'ai réussi à conserver de l'âge adulte que deux photos presque identiques, prises lors de nos mariages respectifs et sur lesquelles on ne voit que nos silhouettes, dans les bras l'un de l'autre parce que ce ne sont pas des photos de nous, ce sont des photos de notre lien et que celui-ci a survécu.

Je souris parce que enfin je peux regarder le visage de Jean-Sélim adulte sans que ne s'abatte sur moi une profonde tristesse.

Quitter Rome

Mon sac est prêt. Giorgio et ma mère sont là, dans le jardin. Elle se serre contre lui.

Je les embrasse. Ma mère est émue. Elle s'inquiète de savoir si je n'ai rien oublié, si j'ai bien ma carte d'embarquement et mon passeport. Je caresse son visage. Elle n'aime plus les départs.

Je lui promets que je serai là au début de l'été, avec ma famille.

Ils sont dans la rue, devant le portail, je leur fais un petit signe de la main et prends le chemin de la roseraie. Celui par lequel nous passions pour retrouver mon père. Je passe devant la grille du jardin des orangers et regarde Rome s'étendre au loin, puis devant le portail des camaldules où quelques sans-abri attendent déjà l'heure du repas. Je continue par la petite rue qui embaume du parfum des mille espèces de roses différentes conservées dans la roseraie de Rome et je longe le Circo Massimo pour aller prendre le métro face à la FAO.

Je lève les yeux vers ses drapeaux de tous les pays qui font face au passant lorsqu'il approche les murs d'enceinte d'une Organisation des Nations unies avant de me glisser dans la bouche de métro.

Alors que de toutes parts l'ONU est décriée, rendue responsable de tous les maux, je me dis qu'elle ne reflète en réalité qu'un monde en souffrance. Des pays qui ne voient pas au-delà de leurs frontières et de leurs intérêts, des dirigeants qui récusent le principe même d'une communauté internationale. L'Organisation est certes perfectible mais elle demeure un outil indispensable parce qu'elle permet la confrontation, la coopération, le dialogue.

J'aime ce monde ouvert que nos parents nous ont offert de leur courage, l'un et l'autre, j'aime les possibles qu'ils ont construits et que construisent ceux qui cherchent à accroître leur horizon et qui participent à accroître le nôtre.

Je comprends, bien que ce ne soit pas simple pour son entourage, le renoncement de ma mère qui préfère le déni à l'acceptation, le dépeuplement lent aux fausses compagnies, rester chez elle plutôt que de dévoiler les trous qui se forment dans sa mémoire.

Je la laisse à ses souvenirs et j'espère que notre monde en proie à ce repli identitaire qui jaillit un peu partout n'aura pas raison trop longtemps et trop violemment de leurs espoirs ; de la minijupe de ma mère dans les rues du Caire et du doux accent oriental de mon père dans les rues de Paris.

L'été

C'est l'été, nous sommes revenus à Rome tous les cinq, Fabrice, nos filles Nour, Lila, Naëlle et moi. Laura et son fils, Mattia-Sélim, nous ont rejoints. Il fait beau et chaud. J'entends mes filles et leur cousin chahuter dans le jardin où ils improvisent une partie de volley-foot pendant que nous finissons de déjeuner. Ils se disputent le point, s'opposent, négocient et repartent dans le jeu. Nous les interrompons pour aller nous promener. Ils râlent puis nous suivent. Nous sommes entassés dans la petite Fiat familiale, les plus jeunes sur les genoux des plus âgés.

Arrivés sur le Tibre, où nous nous garons pour rejoindre Campo de' Fiori, Mattia-Sélim, qui a maintenant quinze ans, soutient sa grand-mère pour qu'elle ne trébuche pas sur le trottoir cabossé et alors que nous attendons que le feu piéton passe au vert et qu'elle nous répète qu'elle n'a pas besoin qu'on l'accompagne, qu'elle peut bien se débrouiller toute seule, il se tourne vers moi, me fait un clin d'œil, puis il la prend dans ses bras, fait mine de la soulever et l'ébouriffe en riant.

Elle rit de bon cœur avec lui et j'ai comme une impression étrange et familière de déjà-vu. Je regarde ce jeune homme frêle et décidé, attentif et chaleureux, drôle et sensible et, alors que le feu passe au vert et que nous traversons en cortège, Lila tenant sa petite sœur par la main, Nour enlaçant son papa, Mattia-Sélim attentif à sa grand-mère et Laura et moi bavardant à l'arrière, alors que notre petite famille vagabonde et s'émerveille devant cette ville qui est un peu la sienne, je me dis : tout ira bien.

Je me dis qu'ils ont l'âme de militants, qu'ils ont le sens de la justice chevillée au corps et que quoi qu'ils entreprennent, ils seront du côté des Yasser Arafat et des Yitzhak Rabin, ils seront avec les étudiants de Tiananmen et avec la jeunesse de la place Tahrir de leur époque. Je sais qu'ils seront vaillants et qu'ils participeront à inverser la folie des hommes, des fascistes, des populistes, des climatosceptiques qui pointent de toutes parts. Je sais qu'ils lutteront pour notre humanité parce qu'ils savent que c'est notre bien le plus précieux, le seul à défendre, et qu'ils ont en héritage la conscience prégnante de faire partie d'un peuple immense qui vit les mêmes histoires.

Remerciements

Merci à mon éditrice, Vanessa Springora, qui a suivi et accompagné depuis bien longtemps les remous de cette histoire.

Merci à Betty Mialet pour sa fidélité à Jean-Sélim.

Merci à Jean-René Soulié.

Merci à Claire Paesen, mon amie d'ici, et à Paula Quiñones, si présente du bout du monde.

Merci à ma mère qui m'a donné le goût de la lecture et l'amour de l'écriture.

Merci à Nour, Lila et Naëlle pour leurs encouragements, leurs petits mots et leurs listes de titres.

Enfin Merci à Fabrice pour Sassetot, Rouen, ses lectures avisées et sa musique !

Imprimé en France par CPI
en février 2020

*Composition réalisée
par Rosa Beaumont*

MIXTE
Papier issu de
sources responsables
FSC® C003309
FSC
www.fsc.org

L'Éditeur de cet ouvrage s'engage
pour la préservation de l'environnement
et utilise du papier issu de forêts gérées de manière responsable.

N° d'édition : 60057/01
N° d'impression : 156752